قضية لوز مر

تحقيقات نوح الألفي

ميرنا المهدي

قضية لوز مر

رواية

تحقيقات نوح الألفي

الكرمة

alkarmabooks.com

facebook.com/alkarmabooks

twitter.com/alkarmabooks

instagram.com/alkarmabooks

المهدي، ميرنا.

قضية لوز مُر (تحقيقات نوح الألفي - ٢): رواية / ميرنا المهدي - القاهرة: الكرمة للنشر، ٢٠٢٢.

٣١٢ ص؛ ٢٠ سم.

تدمك: 9789776743878

١ـ القصص العربية.

أ ـ العنوان.

رقم الإيداع بدار الكتب المصرية: ١٦٥٥ / ٢٠٢٢

٢ ٤ ٦ ٨ ١٠ ٩ ٧ ٥ ٣ ١

تصميم الغلاف: أحمد عاطف مجاهد

إهداء خاص

أسخف ما في حياة الراشدين هو أنني أدركت خطرًا لم يكن يتراءى لي في طفولتي، وهو حتمية موت أحبائي الذين كانوا قدوة لي في صغري.

هذا العمل إهداء إلى روح معلمتين، كان لهما طيب الأثر والتأثير في طفولتي وحياتي المدرسية وتكوين شخصيتي. ووفاتهما تركت خواءً في فؤاد كل طلابهما:

مدام سناء فؤاد

مدام جيهان عبد اللطيف

ستبقيان في ذاكرتي وقلبي دائمًا وأبدًا.

إلى من أحبوا نوح الألفي، فأحببتهم.

تمهيد

لعلك تعرفني من قبل، وإن كان هذا تعارفنا الأول، فدعني أقدِّم إليك نفسي في ثلاث نقاط:

- أُدعى نوح الألفي.
- أنا ضابط في المباحث الجنائية في منطقة قصر النيل.
- أنا أرى أرواح الموتى!

١

كهف مظلم، جو بارد، هواء ثقيل، وأنا طفل ضئيل في تلك المقبرة المقبضة، أكابر في الاعتراف بمدى خوفي من ظلمة الوحدة.

تظهر فتاة بدوية بديعة الحسن، تمكَّنت ملامحها الملائكية من تهدئة روعي.

تُخرِج من ثنايا ثوبها ذي التطريز اليدوي المصقول، ليمونة، فتقدمها إليَّ هامسة بصوت مخملي بث السكينة في روحي:

ـ لو رايد الأمان، شُق اللمونة يا إنسان، وانطق اسمك، بعد ذكر السلام.

آخذ منها الليمونة، وبلا أي مقدمات، يتسلل الهلع إلى قلبي، ويتغير المشهد الذي كان محاكاة لذكرى عشتها حين كنت في الثامنة من عمري، ولكن في الأشهر الأخيرة صار

عقلي الباطن يعدلها بالمونتاج كمخرج سادي يدمن إثارة القلق في نفوس مشاهديه، فيصبح الحلم الذي لم يزعجني يومًا، كابوسًا يثير في داخلي ذكريات كبيسة.

* * *

لم أعد طفلًا صغيرًا في داخل كهف صخري، بل أنا في عمري الحالي ـ الثامنة والعشرين ـ تحت سماء ليلة لا قمر لها، محاطٌ بتلال من القمامة الممتدة إلى ما لا نهاية.

لا شيء في الأفق سوى النفايات!

لم يعد ما أقبض عليه بكفي المشعرة الآن ليمونة نضرة، بل نصف ليمونة عطن المظهر ولزج الملمس. أما الذي أمامي، فليست البدوية الغيداء، بل صديقي عمر، ابن جارتنا فتون الذي تُوفِّي في العام الماضي.

كان ينظر إليَّ برضا زرع التوجس في فؤادي، ثم همس لي:

ـ خد المطواة، وولع في المكب.

أنظر إلى راحتي مجددًا. كيف تبدلت الليمونة العطنة بقداحتي السوداء؟!

وكأنه أنامني مغناطيسيًّا، نفَّذت تعليماته، وفتحت القداحة، وضغطت على زرها، فبزغت شعلتها المتقدة وتراقصت مع اتجاه الريح الهوجاء. ألقيت القداحة وسط النفايات لتحيل تلال القمامة إلى

١٢

جبال من اللهب الأسود الذي خلق غيمة حالكة خيمت عليَّ وحدي، حيث اختفى عمر ولم يبقَ وسط النيران غيري!

* * *

استيقظت من غفوتي هاربًا من كابوسي السخيف، على صوت فرقعة مدوية وألم مباغت في أنفي، ثم ضحكتين عاليتين رنانتين أعرف صاحبيهما جيدًا!

فتحت عينَي المرهقتين لأجد لعبة بلاستيكية ثقيلة ملقاة على وجهي، نتج عنها صياح شقيقتي الكبيرة نادية التي اخترقت حدة صوتها السقف، وأسقطت علينا دهانه الأبيض، لتقابل غضبها ضحكةُ توأميها الشيطانين ـ يحيى وياسر اللذين سيبلغان اليوم عامهما الرابع ـ وهما يركضان في الصالة المزدحمة بالبالونات التي كانت نادية منشغلة بنفخها قبل أن يقرر ابناها أن يمارسا ـ وللمرَّة الثالثة هذا الأسبوع ـ رياضة من سيشوه وجه خالو نوح في أثناء قيلولته.

هرب الصغيران من براثن نادية بالاختباء بين ساقَي أبيهما الطويل طارق، الذي خرج من المطبخ مرتديًا مَريولًا ورديًّا ملطخًا بالدقيق ومكتوبًا عليه بالإنجليزية: «أفضل أم في العالم»، وهو يحمل بيديه صينية من البسكويت.

١٣

أمسكت نادية طفليها من القفا باحترافية صقر صياد من بين ساقَي زوجها صائحة:

ـ كده تكسروا العربية اللي بالشيء الفلاني؟! طب ورحمة أبويا ما أنا جايبالكم لعب تاني!

بالطبع، تلك المطاردة الشرسة كانت لإنقاذ شرف اللعبة وليس أنفي الذي تبعثرت كرامته في أثناء غفوتي على تلك الأريكة التي كدرت بدني وآلمت فقرات عنقي.

بكى الصغيران ونادية تصفعهما على مؤخرتيهما صفعات زائفة تشبه الضربات في الأفلام القديمة، بينما وضع طارق صينية البسكويت على الطاولة قائلًا بابتسامة رائقة لا تليق بحرب البسوس الدائرة حوله:

ـ كويس إنك صحيت يا نوح. تعالَ دوق عمايل إيديَّ.

ـ يدوق إيه؟!

قالتها نادية بعد أن تملص الصغيران من يديها وركضا إلى غرفتهما، بينما اعتدلت في جلستي وهي تقترب مني لتوبخني بعدما فرغت من ابنيها:

ـ إنت جاي تساعدني ولَّا جاي تتخمد؟!

ـ هو حد يعرف يتخمد في سوق التلات اللي عايشين

فيه ده؟! دي النومة في القسم أهدا! أنا هاريَّح في شقتنا على ما تخلصوا.

ـ هو إيه اللي على ما نخلص؟! قوم علَّق البلالين في الروف. فاضل على عيد الميلاد تلات ساعات.

ـ بلالين إيه اللي أعلقها لعيالك؟! دول عايزين يتعلقوا من رجليهم!

ـ خفف حسك الفكاهي شوية يا سي نوح أحسن هتجيبلي تهتك في الرئة من فرط الضحك!

اهتز هاتفي في جيبي برقم غريب منعني عن سب نادية. عادةً، لا أجيب على الأرقام غير المسجلة، لكني تعلقت بأي شيء قد يخلصني من قبضة شقيقتي التي نهضت لتجلب حبال الزينة من على الأريكة لتلقيها في وجهي بعنف معلقة بنبرة آمرة:

ـ هِزها شوية. خليلك لازمة.

كتمت سماعة هاتفي وأنا أهددها بصوت خفيض حتى لا يصل إلى المتصل المجهول:

ـ ورحمة أبويا لأشنقك إنتِ وعيالك بحبل الزينة ده، بس لما أخلص التلفون اللي معايا!

أخذت تغمغم ساخرة من تهديدي، ثم عادت لنفخ البلالين، بينما أجبت على الهاتف:

ـ ألو.

ـ الحمد لله إنك رديت.

ـ إنت جبت رقم جديد ولَّا إيه يا قطز؟

ـ لأ، أنا باكلمك من تلفون سواق التاكسي. أنا تحت بيتك. انزلي ومعاك جزمة وستين جنيه.

استغرق الأمر عشر ثوانٍ لأستوعب طلبه وأخمن سببه، ثم زفرت بعصبية هامسًا:

ـ أقسم بالله يا قطز لو طلع اللي في بالي هــ...

ـ هو اللي في بالك.

* * *

مشيت حتى شقتي في الشارع المقابل لشقة نادية لأجد سيارة أجرة عتيقة، يقودها رجل مسن تشي التجاعيد التي في وجهه بأنه كان من شباب ثورة سعد زغلول، بجواره صديقي الأبله قطز المحمدي الذي لا ينفك يثبت ضرورة استمرار أبويه ـ اللواء أنور المحمدي ومعلمة التاريخ نجوى علوي ـ في السيطرة على شتى

تفاصيل شخصيته، بل واتخاذ كافة قرارات حياته نيابة عنه. وعلى الرغم من أن قطز واحد من ألمع ضباط البحث الجنائي الذين أوقعوا أكثر المجرمين شراسة، فإنه ما زال يُثبَّت في الشارع ويُسرق كمراهقة بلهاء مسلوبة الإرادة.

خرج قطز من السيارة الأجرة بقامته الطويلة وأنفه البارز الذي يشي بعزة وكرامة لا تناسبان جوربه الأصفر المرسوم عليه «سبونج بوب»، بعد أن جرده اللصوص من حذائه باهظ الثمن الذي اشتريته معه منذ يومين بمبلغ يحتوي على ثلاثة أصفار.

حدقت فيه غاضبًا، لكنه كان يبتسم متفائلًا وهو يأخذ مني الحذاء ويمازحني:

ـ إلهي تنستر يا شيخ، حاسب التاكسي وسيبله بقشيش.

ـ مش مكسوف على دمك؟!

قلتها له بينما أعطي للسائق الكهل أجرته.

ـ ظابط وبتتثبت؟

ـ ما هما ما شافوش كارنيه الداخلية.

ـ ليه؟! اتكسفوا يبصوا في البوك بتاعِك يا مُزة؟

ـ لا يا خفيف، أنا اتعلمت من المرَّة اللي فاتت، وخبِّيت الكارنيه في الشراب. هما سرقوا المحفظة والموبايل والساعة والجزمة «التمبرلاند»، جُم عند الشراب وقمت معترضلهم، فاحترموا إصراري ومشيوا.

ـ أنا فخور بيك يا سَبع الداخلية. عارف مين بقى اللي هيفخر بك أكتر؟ سيادة اللوا أبوك.

ـ نوح! ما تهزرش، أنا لجأتلك عشان تستر عليَّ.

ـ المهزئين اللي زيك ما يستحقوش الستر. ظابط يثبِّته عيل؟!

ـ ست عيال من فضلك، كل واحد فيهم قد الشحط، وأنا سايب سلاحي. فاكرني يعني الشحات مبروك هاشلت فيهم لوحدي عشان شوية حاجات هارجعها بمكالمة؟

ـ وده حصل إزاي؟ مش كنت رايح تفطر مع البت اللي شقطتها من «Tinder»؟!

ـ ما هي ما طلعتش بنت، طلعت ست بغال ثبتوني ورا الكافيه اللي كنت رايح أقابلها فيه!

ـ تاني؟!

ـ قصدك تالت. دي كده تالت مرَّة أتثبت بنفس الطريقة.

- وده مش بينبهك لحاجة؟

ـ صح. أنا لازم أفكِس لـ«Tinder»، وأبدأ أشقط من على «LinkedIn»، البنات هناك بروفيشنال وحاجة تشرف.

رميته بأقذع الألفاظ، وكدت أفقد صوابي لسلاسة تعامله مع مصيبته دون أن يخجل من نفسه.

ـ يا عم اهدا بقى، المهم إني سليم. هات تلفونك أكلم مصطفى بتاع الـ«IT» يجيبلي لوكيشين الموبايل ونقفش العيال من قفاهم.

ـ نسيت تلفوني في شقة نادية. تعالَ وأهو بالمرَّة تساعدها.

ـ قشطة، بس تغدوني عشان أنا لما باتثبت باجوع.

* * *

وقفنا عند شقة نادية التي اهتز بابها من فرط صراخها الذي كاد يُسبب قفلة كهربائية في الحي كله.

ـ التلفزييييوووووون! يا كلااااااب! ده إنتو نهار أبوكم إسود!

همس لي قطز مرتعبًا:

ـ أنا باقول نيجي في وقت تاني عشان نادية مسعورة دلوقتِ.

فتحت الباب بمفتاحي ليستقبلني منظر شاشة التلفزيون الأربعة وستين بوصة الجديدة منقلبة على وجهها أرضًا، ونادية قابضة على عنقَي طفليها تطوحهما وتسبهما بألفاظ لا تليق بمنصبها كأستاذ مساعد في كلية الألسن.

فور أن لمحتني نادية صاحت في طفليها مهددة:

ـ أهو خالو جه عشان يقبض عليكم ويرميكم في السجن مع المجرمين اللي زيكم!

لم أعلِّق، فهذه هي الجملة التي اعتدت سماعها كلما ضايق الطفلان نادية وأرادت ترهيبهما.

لم يبالِ قطز بمنظر الطفلين اللذين سحلتهما نادية أرضًا، وأخذ يرشق أنفه في الشقة باحثًا عن رائحة ما، كالكلب البوليسي، وهو يسألني:

ـ دي ريحة «المولتن كيك» بتاعة سونة.

ـ في المطبخ عندك، بس مش هاتدوَّقك حاجة.

ذهبت لآخذ هاتفي من فوق الأريكة، بينما تتبع قطز معدته إلى المطبخ.

وجدت دليلة تهاتفني، فأخذت الهاتف سريعًا واتجهت إلى أبعد غرفة يغيب عنها صياح نادية وصراخ طفليها.

وصلت إلى غرفة تالا، ابنة نادية الكبرى، ذات الأعوام الستة، فوجدتها منشغلة بوضع السماعات على أذنيها وهي ترقص الباليه على موسيقى هادئة، فتركتها تقف على أطراف أصابعها، وتسللت في هدوء إلى غرفة المعيشة، وأغلقت الباب خلفي وأنا أجيب على الهاتف.

انساب صوت دليلة العذب ومن حولها ضجيج الشارع وأبواق السيارات:

ـ إزيك يا بيبي؟

لم أظن يومًا أنني سأستمتع بتلك الكلمة السمجة إلى هذا الحد، وإذا بي أبتسم كمراهق أبله قائلًا:

ـ قلب البيبي، إنتِ في الطريق ولَّا إيه؟

ـ اتحركت من المعادي أهو. عايزين أي حاجة وأنا جاية؟

ـ مش عايزين غير سلامتك.

ـ باحبك وإنت أجازة ومودك رايق كده.

ـ والله لو عليَّ نفكِس لعيد ميلاد الشياطين دول وأخرَّجك.

ـ ما إنت هتعوضهالي بالليل بعد فرح ماهينور.

ـ قشطة، بس نخلع بدري.

ـ خلاص اتفقنا، بس إوعى تكون نسيت تأكد حجز الرستوران زي المرَّة اللي فاتت.

ـ عيب! أكدته، وكله تحت السيطرة.

ـ إنت يا بارد!

قالتها نادية بنبرة الساحرة الشريرة خاصتها، وصاحت مدمرة كاريزمتي أمام دليلة:

ـ أنا مش قلتلك تعلَّق الزينة! الناس في الطريق وإحنا لسه...

كتمت فمها بيدي وأنا أنهي المكالمة مع دليلة:

ـ معلش يا دليلة، فيه كلب سعران بيجري عندنا في الشقة. تعالي بالسلامة ونبقى نتكلم لما توصلي.

أنهيت المكالمة، وإذ بنادية تعضني كي أزيح يدي عن فمها.

ـ يا بنت العضاضة! طب ورحمة أبويا ما أنا معلَّق حاجة!

تركت غرفة المعيشة ونادية تتبعني كظلي حتى وصلت إلى المطبخ، حيث كانت جدتي إحسان تُخرِج من الفرن قالب كعك كبيرًا بالشوكولا، بينما طارق منشغل بتقطيع الخضراوات للسلطة، وقطز يشرب كوبًا من

المياه الغازية متجاذبًا معه أطراف الحديث حول مسلسل وثائقي جديد:

ـ وصلت للحلقة الكام؟

ـ كنت هابدأ التانية، بس زي ما إنت شايف، العيال دشملوا الشاشة.

ـ دي حلقة الاغتيالات بالسموم؟

ـ هي بعينها. إحنا نخلص عيد الميلاد وندخل نكمِّل فُرجة في أوضة المكتب، هي شاشتها أصغر بس تقضي الغرض.

ـ يا تيتة شوفيلك صرفة في حفيدك العاق ده!

قالتها نادية شاكية إياي لجدتي، وأكملت:

ـ مش راضي يساعدني في أي حاجة من الصبح!

خرجت نادية لتكمل نفخ البلالين، بينما علَّقت وأنا أمد إصبعي نحو قالب الكعك لألعق منه ما سال من شوكولا لذيذة، قائلًا:

ـ وعليكم بإيه التعب ده كله؟! ما كنا جيبنا الأكل من بره زي كل الناس ما بتعمل.

أجابتني جدتي بنبرة ملغمة بالغيرة والإسقاطات:

ـ الكلام ده تعمله البنات الخايبة اللي حالقة شعرها زلبطة

وراسمة تاتوه على إيدها، إنما أنا عمري ما أسمم أحفادي بالمواد الصناعية والقرف ده.

ـ دليلة قاصة شعرها جارسون مش حالقاه زلبطة.

ضربتني جدتي على يدي قبل أن أدسها في قالب الكعك، فأجبتها بدبلوماسية لدرء الغيرة التي تحملها تجاه دليلة لمجرد أن صارت هناك أنثى غيرها في حياتي:

ـ هي نِفسَها إنكِ تعلميها كل الحاجات الحلوة اللي بتعمليها دي يا سونة.

ـ ليه؟! هو أنا كنت خلَّفتها ونسيتها؟!

ـ مش دي دليلة بنت المايسترو ياسين الجارحي اللي كنتِ مصدعاني بيه وبعزفه على التشيلو، وكل شوية وديني الأوبرا عايزة أحضر حفلاته؟! دلوقتِ خلاص كرهتيها؟!

ـ والله لو كنت أعرف إن بنته هتبقى الجو بتاعك ما كنت سمعتله طقطوقة حتى!

ـ أنا هاتغاضى عن إنك بتقولي عليها «الجو بتاعك». بس والنبي يا تِيتة خليكِ لطيفة معاها النهارده، بلاش تقريص الفخاد اللي بتعمليه من تحت لتحت ده.

ـ ما تفكي كده يا تيتة. مش عايزة تفرحي بنوح ويخلِّفلك نحانيح صغيرين؟

قالها قطز بحماس طفولي، ثم تجشأ من قوة صودا المياه الغازية، فرمقته جدتي بنظرة تدب الرعب في قلبي أنا شخصيًّا، فارتبك معتذرًا:

ـ باردون يا تيتة.

ـ جاتك القرف!

قالتها جدتي وهي تهندم قالب الكعك، بينما دخلت تالا إلى المطبخ لتعانقني من الخلف، قائلة بنبرة مبتهجة:

ـ نوح، إنت هتروح معانا الملاهي بعد عيد الميلاد؟

ـ لا يا حبيبتي.

قالتها جدتي بغيظ، وأردفت:

ـ نوح رايح للمادموزيل المعصعصة بتاعته.

نجحت في اقتناص الشوكولا أخيرًا، بينما عادت نادية إلى المطبخ حاملة الطفلين، كلٌّ منهما على ذراع، وهي تقبِّلهما كعادتها بعد كل مرَّة تضربهما فيها، قائلة بنبرة تحاول أن تراضيهما بها:

ـ بصوا، سونة عاملالكم «المولتن كيك» اللي بتحبوه.

صاحت جدتي معترضة:

ـ إنتِ متخلفة يا بنتي؟! بتضربيهم وتهزئيهم وبعدها بثانية بوس وأحضان ولعب، وتيجي تقولي العيال طالعين معاتيه لمين؟! ما هو من البسترة العاطفية اللي هما فيها دي!

راحت جدتي تحمل صينية الكعك لتخرجها بعد أن ضربتني على رأسي لأنني حاولت أخذ المزيد من الشوكولا، فأوقفتها نادية قائلة:

ـ بتعملي إيه يا تيتة؟! هو إنت يا قطز جاي تتكرعلنا في المطبخ وسايب تيتة تشيل لوحدها؟! شيل عنها وانجز عشان تلحق تغيَّر.

ـ ليه؟ مالها هدومي؟!

ـ إنتو الاتنين غيروا التيشرتات المعفنة دي والبسوا عِدل.

ـ ما توجعيش دماغنا بقى!

قلتها منزعجًا.

ـ ده عيد ميلاد عيلين عندهم أربع سنين، هنلبسلهم «توكسيدو» يعني؟!

ـ ده عيد ميلاد ولاد نادية الألفي وطارق عثمان، يعني أهم كُتَّاب مصر هيكونوا حاضرين.

ـ زي مين يعني؟

سألها قطز باهتمام كبير وكأنه سيسجل أسماء من ستذكرهم.

ـ على سبيل المثال وليس الحصر، عاصم الجمال، والدكتورة جاكلين صاموئيل، وآسيا خضر، و...

لمعت عيناه، وتوردت وجنتاه كبكر خجول، وهو يضع يده على فمه قائلًا:

ـ آسيا خضر جاية؟! ما قلتيش ليه من الصبح!

التفت إليَّ متعجلًا:

ـ هات تلفونك، أنا لازم أرجع موبايلي في ظرف ثانية إلا ثانية، وأروح أجيب رواياتها من البيت عشان توقعلي عليها.

خطف الهاتف من يدي، ثم خرج ليسود الصمت لبرهة لم تقوَ نادية على تحملها، فصاحت كدجاجة تعارك ديكها:

ـ ما تنجز يا طارق! مش هنقعد ساعة نتمرقع في السلطة!

ـ حاضر يا حبيبتي.

خرجت نادية تداعب طفليها، بينما همست لطارق وهو يرش الملح على السلطة:

ـ دا إنت مفيش بقرش سيطرة.

ـ بكرة تعرف إن الجواز مفيهوش غير اختيارين، يا تعيش سعيد، يا تعيش راجل.

* * *

اللعنة على حرارة يوليو! اللعنة على مَن اقترح أن نقيم عيد ميلاد ياسر ويحيى في الساعة الثانية عشرة ظهرًا فوق سطح البيت، حيث لا مكيف هواء ولا خلاص من شمس الظهيرة! اللعنة على العشرين طفلًا الذين يركضون حولي في دوائر مفرغة وهم يصرخون بسبب وبدون سبب، كأنهم في عراك كلاب الغرض منه إثبات من يملك نباحًا أكثر إزعاجًا! اللعنة عليَّ أنا شخصيًّا لأنني حضرت تلك المناسبة القذرة على الرغم من أنني أقسمت في العام الماضي ألا أحضر أعياد ميلاد هذين الطفلين اللذين تلبَّستهما روح سفاح صغير، بعدما انتشلا قداحتي من جيبي حين غفوت في حفلتهما وحاولا مع أصدقائهما الملاعين إشعال النيران في شعر ساقي!

تملصت من صياح الأطفال، وثرثرة ضيوف نادية من الأدباء وأساتذة الجامعة ذوي الأفكار الأعمق من الثقب الأسود، ورتابة دردشة ضيوف طارق من الصيادلة وعلماء

الكيمياء، ونباح كلبَي جدتي «روي» و«لولو» اللذين تكبدا عناء لعب الأطفال معهما، وركوبهم عليهما، وجذبهما من ذيليهما، حتى فقدت جدتي صوابها وصاحت بالأطفال كلهم وأخذت الكلبين لتمشي بهما في الشارع فتخفف عنهما هذا العذاب.

آثرت أن أبقى واقفًا عند مدخل السطح أسفل المظلة كي تقيني من أشعة شمس الصيف، لا يرافقني سوى سيجارتي وكوب مياه غازية مثلجة، أنتظر وصول دليلة التي ضلت الطريق للمرَّة الرابعة كخفاش أعمى يجهل الاتجاهات ولا يبصر الطرق.

كدت أتصل بها مجددًا لأبقى معها على الهاتف حتى تصل إلى بيت نادية الذي زارته على الأقل مرتين في الشهر الماضي وما زالت تنسى طريقه، لكن استوقفتني ضحكة مبهجة رنانة بدت كضحكة شخصية كرتونية.

التفت لأجد سيدة مرحة في أواخر الخمسينيات، ضحكتها تُضخِّم وجنتيها الممتلئتين مما يحيل عينيها العسليتين إلى خط مستقيم من فرط القهقهة، ذات بشرة فاتحة، وشعر أسود تتهدل أطرافه عند صدرها الممتلئ وقد جعلتني لمعته أشك في أنه شعر مستعار، تضع عوينات وردية على شكل قلب، تصميمها لا يناسب سنها لكنه يليق

بملامحها الطفولية البريئة وقِصَر قامتها وثوبها الصيفي الزهري ذي الوردات البيضاء وصندلها الرقيق الذي يكشف عن قدمين لا يزيد مقاسهما على ٣٨، لتبدو كأنها روح طفلة محبوسة في جسد امرأة أصابها الزمن ببعض التجاعيد المباغتة حول عنقها وكفيها، لكنه لم ينل من بهجة ضحكتها الطفولية.

كانت تتأبط ذراع شابة في منتصف الثلاثينيات تختلف عنها في كل شيء، فهي صاحبة ملامح حادة، وبشرة خمرية، وأنف معقوف، وابتسامة باهتِة لا تصل إلى عينيها الفيروزيتين، وشعرها قصير بالكاد تصل أطرافه إلى شحمَتي أذنيها، ترتدي بنطلونًا من الجينز القاتم، وبلوزة سوداء، ويتجلى فارق الطول الكبير بينها وبين رفيقتها الخمسينية ـ الأقصر من الفنان محمد هنيدي ـ فتبدو فارعة الطول، أقصر من قطز ببضعة سنتيمترات، وتحمل في يدها علبة هدايا كبيرة.

ـ خلاص يا خالتو بقى كفاية تنمُّر.

قالتها الخمرية فارعة الطول لرفيقتها التي هربت الدموع من عينيها من فرط الضحك وهي تحكي:

ـ الواد شَبه صغير البطريق في موسم الهجرة بيقولي أنا مساء الكوسة ممكن بوسة؟! ما طبيعي أتخلى عن كل

آداب الرفق بالحيوان وأرزعه على قفاه في نص الشارع يا آسيا!

إذن هذه الخمرية الطويلة هي آسيا خضر التي أصابتني ثرثرة قطز عن عظمتها ومكانتها الأدبية بالدوار.

كنت واثقًا أن تلك القتامة والملامح الباردة والنظرات المتفحصة تخص روائية تحترف أدبُ الجريمة، فهي نفسها تبدو مثل القتلة المأجورين الذين تكتب عنهم.

ـ بذمتَك مش عندي حق؟

قالتها الخالة المرحة موجهة دفة الحديث نحوي. هل حدقتُ فيهما لفترة طويلة إلى درجة أنها أرادت إشراكي في حديثهما!

جفلت قائلًا:

ـ حضرتك بتكلميني؟

ـ هو فيه حد رامي خمسة كيلو ودان ناحيتنا غير حضرتك!

قالتها بنبرة مرحة، وأخذت تضحك ضحكتها الهزلية نفسها، فأذابت ثلج جملتها التي لو وُضعت في سياق آخر لاعتبرتُها إهانة لي، ثم مدت يدها نحوي لتقدم نفسها بصوتها الطفولي:

ـ أنا رشا توفيق، خالة أنثى السير آرثر كونان دويل سيدة الجريمة المبجلة آسيا خضر.

ابتسمت آسيا ابتسامة باردة وهي تهز رأسها قائلة:

ـ كفاية هزار يا روشي!

التفتت إليَّ آسيا متسائلة:

ـ حضرتك تعرف نادية؟

ـ أنا أخوها، هي واقفة عند...

قاطعتني رشا قائلة بحماس طفولي:

ـ أخوها! يبقى إنت الظبوطة.

في الواقع لم أجد ردًّا يناسب «برميل الهطل» ذاك، لكني ابتسمت رغمًا عني، بينما أردفت رشا:

ـ آسيا ممكن تستفيد منك كتير في رواياتها. هي دلوقتِ بتكتب رواية عن...

أسرعت آسيا تقاطعها:

ـ مش كل ما نشوف ظابط نصدَّعه برواياتي يا روشي، خلينا نشوف نادية ونمشي عشان ما نسيبش ماما كتير مع طاهر.

ثم ابتسمت لي آسيا الابتسامة الباردة نفسها:

ـ عن إذنك.

وأخذت رشا من يدها، فقالت لها:

ـ أنا مش هامشي قبل ما نطفي الشمع وآكل من التورتة!

ـ لا يا رشا. الدكتور قال لا سكر ولا ملح ولا دقيق، ما تلخبطيش الجلسات!

٭ ٭ ٭

عبق الهواء برائحة الليمون المنعش، فعرفت أن دليلة وصلت أخيرًا.

التفت لأجدها تدخل من باب السطح حاملة علبة الهدايا بطولها تقريبًا.

أخذت علبة الهدايا قائلًا:

ـ حمد الله على السلامة. إيه كل ده يا بنتي؟!

ـ أنا خلاص، مش هاطلع بره المعادي تاني. الطرق بشعة وبتتوه. كويس إني ما اتأخرتش عن كده.

ـ مش قصدي على التأخير، أنا قصدي على الهدايا، ليه كلفتِ نفسك كل ده؟!

ـ لا تكلفة ولا حاجة، إنت عارف أنا باحب ياسر ويحيى قد إيه.

ـ أنا أول مرة في حياتي أسمع إن حد بيحبهم!

حضرا كالجنَّيْن حين ذكرت اسميهما، ظهرا من تحت الأرض وهما يركضان في اتجاه دليلة مناديَين باسمها من آخر السطح، بصوت مُدوٍّ مزعج وَرِثاه عن أمهما نادية.

أخرجت دليلة هديتين من علبة الهدايا، ثم وضعتهما أرضًا، ونزلت على رُكبتيها فاتحة ذراعيها لتعانق الطفلين، لكن الملعونين لم يقتربا منها، وأسرعا نحو الهديتين وانتشلاهما وركضا بعيدًا دون حتى أن يشكراها، لتظل دليلة على الأرض وذراعاها مفتوحتان للهواء وهي في منتهى الحرج، فهمست لها ضاحكًا:

ـ قولتيلي بقى بتحبي مين؟!

نهضت منكمشة من فرط الإحراج، وقالت:

ـ معلش. أحباب الله بقى.

ـ ما هو محدش فعلًا بيحبهم غير الله. مش أنا أولى بالحضن ده؟!

ضربتني بخفة على كتفي قائلة:

ـ لِم نفسك. جدتك هنا.

ـ تيتة نزلت تمشِّي الكلاب.

لم أكد أكمل الجملة حتى أحسست بيد تقبض على كتفي، فالتفت لأجد قطز يسألني بلهفة:

ـ آسيا فين؟

من الواضح أنه حلق شعره ودهن وجهه بكريم ما برائحة الورد، وكان يحمل بضع روايات، ويرتدي بدلة كاملة: قميصًا ناصع البياض، وسترة غالية، وحذاء لم يمسه الغبار، ومنديلًا حريريًّا، ورابطة عنق فيروزية، وتفوح منه رائحة عطر تدمع لها العيون من ثقل عبقها الطاغي على الأنفاس.

ـ إيه يا ابني الهطل ده!

ـ ما تكسَّرش مقاديفي يا نوح!

ـ مقاديف إيه يا مُحدِث؟! بص حواليك، كلنا لابسين جينز وقمصان، وإنت داخل ببدلة المتحدث الرسمي باسم السطح!

ـ إنت عارف البدلة دي بكام؟

ـ إن شا الله تكون بديشليون جنيه، ده مش لبس شقط يا حبيبي! اقلع.

قلتها وأنا أفك عنه رابطة عنقه، فالتفت إلى دليلة قائلًا:

ـ إنتِ شايفة كده؟

ـ البدلة شيك وكل حاجة، بس يعني... كتيرة أوي على المناسبة.

ـ هي عايزة تقولك إنك سرسجي وما بتفهمش في اللبس، بس مُحرجة.

رمقني بغيظ، ثم خلع سترة بدلته وتركها لي ومعها رابطة عنقه، وكأنني لبِّسه الخاص، بينما اقتربت نادية منه وهي تنظر إلى الروايات التي في يده، ثم علَّقت ساخرة:

ـ طبعًا! لما تكون روايات آسيا تنزل تشتري وتكع فلوس، إنما رواياتي أنا وطارق بتطلبها مننا «PDF» يا معفن!

ـ ده أقل واجب، إنتِ وطارق بتستغلوا معلوماتنا كظباط عشان رواياتكم دي، مش عايزين كمان تدونا نسخ مجانية، ده المفروض يبقالنا نسبة من الأرباح.

ـ أرباح مين؟! ده الروائيين دول أفقر خلق الله!

ـ فُكك من التسول الأدبي بتاعك ده، وعرفيني على آسيا خضر، وانفخي فيَّ قدامها، قوليلها إني أجدع راجل في مجرة درب التبانة.

ـ أكدب يعني؟

اقترب منها كالراشي المحترف وهو يهمس لها:

ـ نادية، أنا ما كنتش عايز أقولك دلوقتِ، بس أنا محضَّرلك ملف جريمة حلزوني ينفع رواية هتعمل خرم في نافوخ القُراء.

لمعت عيناها كمدمن عاجز عن التعافي وهي تسأله بفضول:

ـ دموية؟

ـ دموية معوية. صاحب مسمط مشهور قطَّع مصارين مراته وطبخها للزباين.

ـ احلف!

ـ وحياتك. أنا قعدت فترة مش قادر آكل ممبار بسبب القضية دي.

ـ هتديني الملف كامل؟

ـ وبالصور.

ـ آسياااااااااا.

قالتها نادية ممسكة بيد قطز وهي تجره خلفها متجهَين صوب آسيا خضر وخالتها رشا توفيق التي لم تتوقف عن الضحك منذ أن وصلت.

نظرت دليلة إلى ساعة يدها قائلة:

ـ طب بما إن تيتة مش هنا، وولاد أختك كده كده مش معبَّريني، أمشي أنا بقى عشان ألحق الكوافير قبل الفرح.

ـ إنتِ لحقتِ؟!

ـ عايزين نروح بدري عشان نلحق نمشي بدري وأعرف أقعد معاك على رواقة شوية.

اقتربت مني لتقبِّل وجنتي بوجنتها الناعمة، فغزت أنفي رائحة عطرها وهي تودعني بابتسامة ملائكية ترسم أمامي طريق السعادة الذي عرفته منذ أن ارتبطت بها قبل ثلاثة أشهر.

رافقتها وأنا أراقبها تداعب بحنان وبشكل لا إرادي رؤوس الأطفال، ثم تشابكت يدانا حتى أوصلتها إلى سيارتها، وعُدت وأنا أهمس لنفسي: كم أنا محظوظ وممتن للقدر الذي جمعني بها!

٢

دخلت شقتي وقد تضخَّم حجم رأسي من فرط الصداع الذي أصابني في حفل عيد الميلاد المزعج، وقد استطعت أن أهرب منه على الرغم من أنه لم ينتهِ بعد.

استقبلني البيت بهدوئه وإضاءته الخافتة ورائحة المنظفات التي نظفت بها فكيهة الأرضية هذا الصباح.

اتجهت مسرعًا نحو الحمَّام لأملأ مغطسه بالماء البارد كي أغسل عني حرارة يوليو ونعاس يوم العطلة الذي كان من المفترض أن أقضيه نائمًا لا ذليلًا عويلًا وسط عشرات الأطفال الملعونين.

كم كان السرير جذابًا وسط ذلك الهدوء وتلك العزلة، لكني كنت متحمسًا لمقابلة دليلة في هذا المساء كما وعدتها، لذا قررت أن أنزع الخمول عن جفوني بتحضير فنجان قهوة لا يحترف إعداده سواي.

خلعت ثيابي ملقيًا معها جُل إرهاقي، ثم دخلت الحمَّام واضعًا فنجاني على المسند الرخامي وهاتفي على مقعد المرحاض المغلق، وما إن استرخيت في المغطس البارد حتى احتضنني انتعاش الماء ونعومة الصابون، فهجرني حر الصيف الذي لفح جلدي.

كانت هذه خطتي اللطيفة: أعالج بالماء جسمي المرهق المحموم، وأنتصر على نعاسي بقوة الكافيين الذي ضخته القهوة في شراييني، فأستعيد طاقتي.

ما لم يكن لطيفًا هو تلك القشعريرة التي تسللت إلى جسمي المرتخي، ورائحة عطن الورد التي غزت أنفي بغشامة، وضربات قلبي التي ثارت على خمولها وبدأت تدق ضلوعي.

نظرت نحو باب الحمَّام، لألمح بطرف عيني مصدر ذلك التوتر الذي خيَّم على جسمي.

كانت واقفة، عاقدةً ذراعيها، تراقبني عن كثب أثناء استرخائي عاريًا في مغطسي، وكأنها ضبع وأنا فريسته التي ينتظر موتها حتى يلتهم جثتها.

لم يكن جزءًا من خطة اليوم أن تظهر لي روح فتون التي حاولت تسميمي بمربى توت شجرة «ست الحسن» منذ خمسة أشهر!

* * *

اعتدت على رؤية أرواح الموتى، والتواصل معها بسلاسة منذ أن كنت في الثامنة من عمري، لكن لطالما كانت «قاعدتي الأولى» هي ألا أتعامل إلا مع الروح التي يهمني أمرها، لأن الأرواح الأخرى ستظل ملتصقة بي لكوني الوحيد القادر على رؤيتها، وفتون لم تكن مجرد روح!

حين كانت حيَّة تُرزق، مات ابنها عمر الذي كان جارًّا وصديقًا لي أنا وقطز منذ طفولتنا، على يد طفل مشرَّد أراد سرقته، وحين قاومه عمر طعنه المشرَّد طعنة ثم تركه في الشارع ينزف ببطء حتى نُقِل إلى المستشفى ليلفظ بعدها أنفاسه الأخيرة، وكان رد فعل فتون ـ صاحبة أشهر محل ورد في منطقة جاردن سيتي ـ أن زرعت شجرة سامة لتقتل بها الجرَّاح الذي عجز عن نجدة ابنها، ثم خمسة عشر طفلًا من أطفال الشوارع بشكل عشوائي لعل القاتل يكون واحدًا منهم، ثم حاولت تسميمي أنا شخصيًّا عقابًا لي على فشلي في القبض على المجرم الذي حرمها من وحيدها قبل زفافه بأشهر.

هذا ما فعلته وهي على قيد الحياة، فما بالك بما قد تفعله بي وهي روح وحيدة هائمة!

* * *

رسمت على وجهي أشد دلائل اللامبالاة، فهي لا تعرف قدرتي على رؤية الأرواح ـ لا أحد يعلم سوى قطز وجدتي، ومؤخرًا دليلة ـ وأخذت رشفة من قهوتي ولم ألتفت نحوها، ورُحت أصفِّر ببالٍ رائق وأنا ألتقط هاتفي، وشغلت أغنية حكيم المبهجة، وكأنني بشري عادي لم يهبه الله عينًا أثيرية تبصر أرواح الموتى.

ناااااااااااااار
نار، نار، نار
أنا قلبي قايد نار

جلجل صوت حكيم ضاربًا صداه السقف والجدار السيراميكي الذي تقف بجانبه فتون، وقد تعمدتُ إخراجها من زاوية بصري، لكنني شعرت بثقل نظرات عينيها الداكنتين وحدتها المصوبة نحوي، فأكملت روتين استحمامي، وبدأت أدعك ظهري باللوفة حتى تأكدتُ من أني لا أراها ولا أستشعر طاقة روحها الكهرومغناطيسية التي انتصبت لها كل شعرة في جسدي.

تنهدت ببطء ثم همست بابتسامة خبيثة لا تليق بملامحها الناعمة وعينيها الناعستين:
ـ حمَّام الهنا!

نفذت من الباب بغتة، وتركت الحمَّام آخذة معها كل ثِقل الهواء وضيق التنفس الذي أصابني، فارتخت أوصالي مجددًا، وزفرت وأنا أدعك رأسي من الألم الذي طرق جبيني.

كيف ماتت فتون؟ ومتى؟

احتل هذان السؤالان تفكيري وأنا أرتدي بدلتي الجديدة وأهندم شعري الذي يستمر في الزحف إلى الوراء حالفًا لي بأني سأصير أصلع خلال السنوات التالية لا محالة.

بدأت أغني وأصفِّر وأهز رأسي وأطرقع أصابعي متظاهرًا بالاندماج الشديد مع قائمة أغاني حكيم المفضلة عندي، فتأكدت أنني أستحق الأوسكار عن جدارة، ففتون ما زالت تحوم في البيت، بل هي واقفة خلفي تمامًا، ومع ذلك لم أعترف لها أنني أدرك وجودها من حولي.

أعلم أنها لن تقوى على إيذائي جسديًّا، فلا قوة فيزيائية لروح الميت. لا يمكنها تحريك الأشياء أو إصدار الأصوات أو المساس بأي إنسي كما يحدث في الأفلام، ولكن فيما يتعلق بإيذائك نفسيًّا وذهنيًّا، فحدِّث ولا حرج.

ها هي قد ظهرت في حياتي منذ بضع دقائق فحسب، وقد بدأت أتوتر وأقلق بالفعل.

حاولت أن أتصدى لفيضان أفكاري الحالكة الذي اندفع بلا هوادة، وعدت للتظاهر بأنني مجرد شاب رائق البال يستعد لملاقاة حبيبته التي ستوبخه بعنف إن تأخر عليها، ووضعت جُلَّ تركيزي في إحكام رابطة عنقي التي أصرت دليلة على أن يطابق لونها لون ثوبها.

* * *

غريب أن فتون ظلت في غرفتي، ولم تتبعني على السلالم أو إلى سيارتي وأنا في طريقي إلى المعادي لأصطحب دليلة من بيتها أوروبي الطراز.

حاولت حجبها عن ذهني، فأنا لن أعكر صفو الليلة المنتظرة مع دليلة وكل ما تحمله من وعود حميمية رومانسية، بسبب ظهور روح سفاحة متسلسلة في حمَّامي.

الأمر تافه يا نوح، تجاهله تمامًا كما تتجاهل بوادر الصلع المتفشية في شعرك.

أوقفت السيارة أمام بيت دليلة التي تأخرت عليَّ على غير عادتها، ولكن حين خرجت بفستان أزرق نيلي جعلها تبدو مثل حورية تائهة عن شواطئ البحر المتوسط، تُهت في حسنها ورقة أناقتها، حتى رأيتُ معها شقيقتها الصغيرة

ابنة العشرين عامًا، فعرفت سبب التأخر، ووجدت نذيرًا إضافيًا لجعل الليلة مشؤومة.

إنها جليلة التي تمثل النقيض الصارخ لدليلة في كل شيء، فهي كتلة من السماجة والتصنع والتشبث بكل ما هو مادي وسطحي.

كانت ترتدي ثوبًا من الريش الملون اللامع جعلها تشبه الببغاء الأجرب.

زفرت حين رأتني، تمامًا كما زفرت أنا هامسًا في سري: «هي ليلة مضروبة من أولها».

ابتسمت دليلة وهي ترسل إليَّ قُبلة في الهواء، حتى اقتربتا بما يكفي من السيارة لتصيبني حالة فزع من زينة جليلة التي لا شك أن كوافير مصابًا بعمى الألوان هو من وضعها لها.

ضغطت على أسنانها وهي تهمس لدليلة بغيظ:

ـ بجد؟! هنروح فرح ماهينور السباعي بنص البطيخة دي؟!

قالتها وهي تشير إلى سيارتي «النوبيرا» الحمراء زميلة كفاحي.

آثرت الصمت حتى لا أهينها إهانة كفيلة بتدمير علاقتي

بدليلة، لكن حبيبتي ردت عليها بالألمانية، لتبدأ محادثة بين الشقيقتين جعلت الأمر يبدو وكأنهما مصابتان باحتقان في الحلق بسبب مخارج تلك اللغة السخيفة.

فتحت دليلة باب السيارة الخلفي، وألقت بجليلة على الأريكة، ثم صفعت الباب خلفها.

اللعنة! ما ذنب باب «النوبيرا» المسكينة بشجاركما النازي؟!

جلست دليلة بجواري ليملأ عطرها المنعش السيارة، وقالت:

ـ معلش يا بيبي اتأخرنا عليك.

ـ ولا يهمك. إزيك يا جليلة؟

ـ ليلوووو!

قالتها معترضة كما تفعل كل مرة حين أناديها باسمها الحقيقي الذي تكرهه أكثر من كرهها لي، فعلقت بخباثة وأنا أشغِّل المحرك لننطلق:

ـ معلش.

ـ «whatever»، افتحلي الـ«AC».

ـ فريون التكييف بايظ.

ـ أكيد طبعًا بايظ، كويس أصلًا إن الخردة دي بتمشي!

نفد صبر دليلة، وبدأت تنهرها بالألمانية مجددًا، وظلتا تتجادلان في حوار لا ناقة لي فيه ولا جمل، حتى وصلنا إلى جراج الفندق في وسط البلد.

* * *

تملصت جليلة منا فور أن وصلنا إلى قاعة العُرس كما يتملَّص الثعبان من جلده، وركضت نحو أصدقائها بصيحة مصطنعة وهي تحييهم.

كانت قاعة الزفاف مترفة، ذات سقف عالٍ على الطراز الفرنسي، وألوان حوائطها رقيقة، وأرضيتها ملساء، ولمعة ثريتها الكريستالية الضخمة تؤذي البصر.

ازدحم المكان بالفنانين ممن تراهم أمام الكاميرا وخلفها، فلا عجب أن تحضر كريمة المجتمع زفاف ابنة وزير الثقافة التي بدت كأميرة إنجليزية بثوبها الراقي وزينتها الرقيقة، وحتى بعريسها الأشقر الذي يُشبه لوردات إنجلترا.

سلمنا على كل معارف دليلة، واضطررت أن أبقى واقفًا على ساقَي اللتين تحملانني بصعوبة، وعيناي كادتا تفقدان القدرة على الرؤية من قلة النوم. وللحظات كنت أغيب تمامًا عن المكان وتتداخل الأصوات دون أن أنتبه إلى

٤٧

كلمة واحدة مما يقال، وأشعر بالإرهاق والنعاس والجوع تارة، والقلق من ظهور فتون المباغت تارة أخرى.

ـ إنت مش فاكرني ولَّا إيه؟

قالتها صديقة دليلة التي استأثرت بثلثي مخزون العالم من السليكون.

عجزت عن لملمة شتات تركيزي، والتصريح بأني لا أتذكر وجهها على الإطلاق ـ ربما السليكون، ولكن ليس وجهها.

التقطت دليلة إشارة تيهي، فقالت:

ـ مش فاكرك إزاي، دا إنتِ كنتِ نجمة معرض لوحات سلفادور دالي الأسبوع اللي فات في ثربانتس. هو بس بقاله يومين ما نامش وفاكرني أنا بالعافية.

ما لي ولوحات سلفادور دالي ومعارض معهد ثربانتس؟!

ما شأني بالفن في المطلق؟!

أنا لا أفهم فنًّا، ولا أتقن منه لونًا، لكني أحضر تلك المعارض مع يسرا خير والدة دليلة، وأشاهد مسرحيات جليلة، وأنصت إلى عزف دليلة على التشيلو في الأوبرا، ليس شغفًا بأيٍّ مما سبق، بل حبًّا في دليلة، ورغبة مني

في إشعارها بوجود رجل يشارك أسرتها أنشطتها بعد وفاة والدها، فجاهلٌ مثلي لا يفقه في الفن سوى التحفة الفنية التي عشقها بعد أن زهد الحب.

تهت عن حديثها مجددًا مع إلهة السليكون، ليس إرهاقًا هذه المرَّة بل تأملًا في جمال حبيبتي شرقية الحسن التي تيقنت أنني أحبها حين اعتزلت منطقي وعقلانيتي في حضورها، وحين وجدت نفسي أبتسم لها كالأبله، وأنصت عن كثب وعن طيب خاطر إلى ثرثرتها وهي تريني أحدث صيحات قص الأظافر والفرق بين اللون الوردي ودرجة الكشمير، وتشاركني عشرة أسباب تجعل يويو ما أعظم عازف تشيلو في التاريخ.

لم أستفق من غيبوبة الهيام تلك إلا حين سمعت دليلة تسأل:

ـ هي سهر اللي هترقص في الفرح؟

ـ لأ، ماهينور عزمتها كصديقة.

ـ يعني سهر مش هترقص؟

قلتها فجأة، فرمقتني دليلة متعجبة، بينما أوضحت صديقتها:

ـ لأ. أصلًا ماهينور بتدوَّر عليها من الصبح. مختفية

من إمبارح مع إنها حاجزة أوضة عشان تحضر الـ«bachelorette party» بالليل. بس هي لا حضرت الحفلة ولا ردت على مكالماتها، وآدي الفرح بقاله شوية ولسه ما ظهرتش!

علَّقت بجدية:

ـ طب بلغتوا أمن الفندق ليكون حصلها حاجة؟

تلك المرَّة حدجتني دليلة بنظرة حادة تشي بغيرتها:

ـ أنا لو منك أروح أدور عليها بنفسي.

ـ على فكرة، أنا شُفتها مرتين قبل كده في الحقيقة، مش حلوة أوي يعني.

ـ شُفتها فين؟!

ـ هي ساكنة قريب من القسم. أنا كنت باقول تبلغوا بسبب حسي الأمني يعني مش أكتر.

يا لكذبي! لا دخل لحسي الأمني بالموضوع، أنا حقًّا متيم بالراقصة الشرقية سهر خريجة كلية الصيدلة التي تركت المعامل والكيمياء واهتمت بالأحياء، وسلكت مسلك هز الوسط حتى صارت الراقصة صاحبة الأجر الأعلى، وكنت أتمنى أن أراها ترقص على أرض الواقع.

استمرت ثرثرة دليلة مع مستودع السليكون، ثم رحلت الأخيرة عنا، فهمست لي دليلة:

ـ اللي واخد عقلك.

ـ البوفيه.

ضحكت ثم أردفت:

ـ أنا باتكلم جد. مش عاجبني من ساعة ما شُفتك!

ـ والله عيب. لابِسلك أشيك بدلة في البلد، وحالق ومتبرفن وتقولي مش عاجبني؟!

ـ يعني كل ده ليَّ أنا؟!

ـ لأ، لأختك المفعوصة!

ـ لعلمك، هي بتحبك عشان كده بتغلس عليك.

ـ مش مهم هي اللي تحبني، المهم أختها.

ضحكت وتعلَّقت بذراعي، وأرخت رأسها على كتفي، إلى أن قطع انسجامنا صوتٌ أتى من خلفي من مكان مرتفع يقول:

ـ دليلة؟

التفتنا لنجد شابًا تخطى طوله الحد الأقصى المسموح به

لمرور الشاحنات من أسفل كوبري صقر قريش، وتُزين ذلك الارتفاعَ المبالغَ فيه عضلاتٌ بارزة وكتفان عريضتان ووجه يفترشه النمش وشعر أحمر وكأن هناك من تبل رأسه بالقرفة، أو ربما لهذا تفوح منه رائحة عطر سُكرية قوية.

اقترب منا ابن هِرقل، فانكمشت ابتسامة دليلة فور أن رأته، وأزاحت رأسها عن كتفي حين وقف أمامها قائلًا:

ـ إزيك يا دليلة؟

أجابته بنبرة منزعجة ونظرات تتجنبه:

ـ إنت بتعمل إيه هنا؟!

ـ أنا صاحب العريس. أنا وجيمي كنا نفس الدفعة و...

ـ تمام، فهمت.

تأملني طرزان الأيرلندي بابتسامة سمجة، وقال:

ـ مش هتعرفينا؟

ـ كريم سلطان. نوح الألفي.

انتظرت أن تكمل الجملة، لكنها سكتت.

لم تخبره عن صفتي. فقط هكذا، نوح الألفي! استغربت، لكني مددت يدي لأصافح النسخة الصهباء

من «ذا روك»، وإذ به يضغط على كفي في محاولة لفرض الهيمنة بطريقة تدل على هشاشة ذكورية وثقة محطمة لا تليقان بمقاس حذائه العملاق، بل تتماشيان مع أصابعه المتعرقة التي بللت راحتي بشكل مزعج.

ـ مبسوط أوي إني شُفتِك. أنا حاولت أكلِّمك كتير من ساعة ما رجعت من ألمانيا، بس...

نادت دليلة بصوت عالٍ ونبرة متوترة، جعلت البعض يلتفت إليها:

ـ ليلو!

واتجهت نحو شقيقتها المنشغلة بتجفيف يديها بالمناديل عند باب دخول القاعة، ثم جرتني خلفها كالبهيمة، إلى أن ابتعدنا بما يكفي عن كريم العملاق، فسألتها:

ـ مين درفة الدولاب اللي حاول يكلمك كتير ده؟! أنا ما علقتش عشان إنتِ بتقفشي لما باحط أي حد سخيف عند حده، بس...

قاطعتني جليلة التي تشم يدها، وكانت ملامحها ممتعضة وهي تقترب من دليلة قائلة:

ـ ريحة مية حنفية التواليت هنا وحشة أوي! معاكي برفان؟

مدت دليلة يدها في حقيبتها بارتباك، بينما رفعت جليلة رأسها لتقول بعد أن لمحت كريم الضخم:

ـ دليلة، الحقي، خطيبك هنا!

كررتُ كلمتها بحدة:

ـ خطيبك؟!

ـ اللي كان خطيبي!

قالتها دليلة موضحةً، وهي ترمق جليلة بغضب، ثم أردفت:

ـ ما إنت عارف.

ـ عارف إيه؟! كريم ده يبقى هو كريم اللي...

ـ أيوه، هو خطيبها القديم.

قالتها جليلة بنبرة مستفزة، وتابعت:

ـ إنت أوفر ليه؟

صاحت بها دليلة بالألمانية مجددًا، فزفرت جليلة ثم ابتعدت عنا بعد أن أخذت زجاجة عطرها، وكلي ثقة أنها تسبني.

همست لي دليلة بهدوء:

ـ أنا اتفاجئت بيه، ومتضايقة من وجوده أكتر منك!

ـ أنا مش متضايق.

ـ أومال وشك عامل كده ليه؟!

ـ خِلقة ربنا.

ـ إنت متعصب ليه دلوقتِ؟ أنا عاملته بمنتهى البرود و...

ـ مش متعصب يا دليلة، أنا محتاج أشرب سيجارة.

ـ أوكيه، هاجي معاك.

ـ مفيش داعي، خليكِ مع صحابك.

لم أمهلها لتعترض، وخرجت من القاعة هاجرًا موسيقاها الكلاسيكية السخيفة، واتجهت إلى المصعد بغرض الهروب للملاذ الوحيد للمدخنين في هذا الفندق اللعين؛ السطح!

٣

دخلت المصعد منشغلًا بإخراج علبة السجائر والقداحة من جيبي، ولم أنتبه لوجود ضيف معي.

أيقنت من تلك القشعريرة، والكهرباء التي في الهواء، أن هناك رفيقًا في المصعد الضيق، لكن على عكس توقعاتي، لم تكن روح فتون، بل روح امرأة طويلة القامة، بيضاء البشرة، لها شامة حُسن على وجنتها التفاحيَّة، وذات عينين واسعتين كعيون الخيل، وشعرها تلامس أطرافه الملساء مؤخرتها البارزة من أسفل سُترتها الرياضية.

لا مجال للشك، إنها سهر التي بدت، حتى وهي روح ميتة، أكثر جمالًا من فيديوهاتها وصورها على مواقع التواصل الاجتماعي.

إذن، حسي الأمني لم يخني، سهر مختفية منذ الأمس لأن مكروهًا أصابها، بل بالأحرى لأنها ماتت ولم يكتشف

٥٧

أحدهم جثتها بعد. ومن وجودها معي في المصعد، لا شك أنها ماتت هنا بين جدران أفخم فندق في القاهرة.

كانت في حالة هذيان يُرثى لها وهي تغلق عينيها وتضغط على رأسها بأصابعها الطويلة هامسة:

ـ بابا مش عرَّاف. ده حلم مش نبوءة. أنا مش ميتة.

لم أتمكن من منع نفسي، فأخرجت الليمونة الملفوفة في منديل، والتي لا أُخرجها من جيبي إلا في ظرف مماثل. قضمتها، ثم شققتها نصفين. وعلى الفور انصب اهتمام سهر عليَّ، وفتحت عينيها وهي تنظر إليَّ وإلى نصفَي الليمونة اللذين استحال لونهما من الأصفر النضر إلى البُني الداكن، وامتصت عصارتَهما طاقةُ سهر الكهرومغناطيسية، ليصبحا جافين. وهنا اتبعت أول ما تعلمته عن التواصل مع أرواح الموتى، بأن ألقي السلام، ثم أعرِّف نفسي بهدوء:

ـ السلام عليكم، أنا نوح الألفي.

ـ وعليكم السلام. أنا سهير، قصدي سهر.

ـ طالعة الدور الكام؟

ظلت تنظر إليَّ كالتائهة، ثم أجابت بنبرة متحيرة:

ـ الرووف.

ضغطتُ على زر «R» الذي يشير إلى السطح، وأنا أجاريها كي تفك لي لغز موتها في الفندق دون أن يشعر بها أحد، وكي أعرف أمر ذلك الحلم العجيب الذي تهذي به:

ـ مش حابب أبقى حشري، بس أنا سمعتك بتتكلمي، بتقولي إنك حلمتِ حلم وِحش تقريبًا؟

ـ آه. لأ. مش بالظبط. بابا... بابا قالي إنه حِلم ليَّ حلم وِحش!

ـ خير؟

ـ مش عايزة أقوله عشان ما يتحققش.

ـ عندك حق.

ساد الصمت هنيهة، لا تشغله سوى نغمة المصعد الرتيبة، فقررت أن أقطع السكون قبل أن يأتي راكب جديد إلى المصعد، وسألتها:

ـ إنتِ معزومة على الفرح اللي في التالت؟

ـ أيوه. بس راحت عليَّ نومة في الرووف ونسيت موبايلي هناك.

ـ أنا ممكن أساعدك تلاقيه. كده كده أنا طالع الرووف.

ـ طب ما إنت شاطر وبتعرف تكلِّم الميتين أهو!

جاءني صوتُها، فجعل هواء المصعد أثقل، والأنفاس أصعب، وضربات قلبي أقسى. إنها فتون اللعينة التي ظهرت أمامي فجأة لتكون ثالثتنا في المصعد!

حين صرتُ وحيدًا في المصعد مع روحين، تأكدت أن الفترة الذهبية ـ التي عشتها في الأشهر الماضية منذ أن كتب الله لي عُمرًا جديدًا، ووقعتُ في غرام دليلة، وحصلت على ترقيتي ـ قد ولَّت، وأن ما هو آتٍ سيكون أحلك من الليلة التي كدت ألفظ فيها أنفاسي الأخيرة على يد فتون التي سممتني!

لم أستغرب، فهذه سُنة حياتي، فطالما شابَ طمأنينتي القلقُ المتسلل من بين ضلوعي وصولًا إلى قلبي، القلق الذي يهيمن على تفكيري بحقيقة أن سَكِينتي وسلامي لن يدوما أبدًا.

ولكن إن كان قلقي من جملة فتون حبة رمل، فذعر سهر كان الصحراء الكبرى!

ـ ميتين؟! إنتِ بتقولي إيه؟! وركبتِ أصلًا الأسانسير إمتى؟!

ـ باقولك الحقيقة، أنا وإنتِ ميتين، ومحدش شايف أرواحنا غير الحيوان ده!

قالتها فتون مشيرةً نحوي بطرف ذقنها، مؤكدة أنني الحيوان المقصود.

استجمعت كل ما تعلمته في الكلية عن ضبط النفس، وما استخلصته من أفلام أحمد زكي عن تقمص الشخصية، ثم تحدثت وكل جوارحي تتجه نحو سهر المفزوعة:

ـ إنتِ بتكلمي مين؟!

ـ باكلم الست المجنونة دي! بتقول إني ميتة!

قالتها مشيرة إلى فتون التي ابتسمت ساخرةً، فنظرت حيث تشير، ولكن بعينين زائغتين كأني لا أرى فتون بأي شكل.

أخذت أتلفت حولي مصطنعًا الجهالة نفسها، وقلت:

ـ ست مين؟! مفيش غيرنا في الأسانسير!

ـ إزاي؟! دي واقفة وراك أهي، و...

ـ صدقيني مفيش حد غيرنا.

صاحت فتون بغيظ:

ـ وحياة أمك؟!

ـ أهي واقفة جانبي وبتشتمك بأمك أهي!

ـ الله يسامحك يا مدام سهر.

ـ آنسة لو سمحت.

قالتها بضيق وهي تعيد شعرها المسترسل على وجنتيها إلى خلف أذنيها، ثم زفرت ضاغطة على رأسها من فرط الألم:

ـ من الواضح كده إني تَقلت، ودي «bad trip»!

ـ إنتِ شربتِ حاجة قبل ما تنامي على الرووف؟

ضحكت ضحكة مجلجلة رنت في الأسانسير المعدني، في محاولة لإخفاء توترها الجلي، وقالت:

ـ حاجااااات. أكيد كل ده تهيؤات.

ضربت فتون كفًّا بكف، ثم اقتربت مني حتى شعرت بها تلتصق بظهري، فتقلصت عضلاتي وأحسست بأعضائي الداخلية تنكمش من ثِقل حضور فتون وهي تهمس في أذني همس سفاح مختل:

ـ وماله! لو مش شايفني دلوقتِ هتشوفني بعدين. كله بأوانه!

ثم اختفت تمامًا في اللحظة التي كاد توازني يختل فيها.

لقد اقتربت مني أكثر مما ينبغي، فشعرت بالوهن، واستندت إلى جدار المصعد وأنا أهز ذراعَي وساقَي

متخلصًا من تلك القشعريرة التي خلَّفها همسها في أذني، ثم فتح المصعد بابه معلنًا عن وصولنا إلى السطح.

* * *

وقفت على السطح بضع فتيات بفساتين مزركشة، ورجال ببدلهم يدخنون، فأخرجت سماعتَي هاتفي ووضعتهما في أذنَي حتى لا يظنوا أني معتوه أو سكير يحدث نفسه.

طوَّقت السطح كله بنظري فلم أجد جثة سهر في أي مكان، وإذ بروحها تسترسل في الحديث:

ـ بابا اتصل الصبح وقالي إنه حِلم ليَّ حلم وِحش، قلتله ما يحكيش عشان ما يتحققش، بس هو قالي مش هتفرق، ما دام حلمت بيكي يبقى الحلم هيتحقق.

ـ للدرجة دي؟!

ـ هو مقتنع إن له بركات. صحيح إن عمر أحلامه ما خيِّبت، بس أنا... أنا مش عايزة أقنع نفسي بإنه صح، عشان الكلام ده معناه... إني النهارده هاموت غرقانة!

لا شك أنها ميتة، لكن أين؟

لا جثث فوق السطح، وإن كان حلَّم أبيها حقًّا ـ لو آمنا ببركاته ـ فمن المفترض أن تكون جثة سهر غارقة.

لا توجد أسطح مائية في الفندق غير حمَّام السباحة والمسبح الخاص بالساونا أو الجاكوزي، ومعنى ظهور سهر أمامي الآن أنها ماتت منذ أربع وعشرين ساعة على الأقل، ولا أظن أنها ستغرق في حمَّام السباحة أو مسبح الساونا أو الجاكوزي دون أن يلحظ أحد العاملين جثتها لمدة يوم كامل.

إذن، أين غرقت؟

مغطس حمَّام غرفتها؟

ربما كانت تتجرع خمرتها أثناء استحمامها في مغطسها الممتلئ بالماء، وفقدت الوعي ثم غرقت في الحمَّام ولم ينتبه إليها أحد؟

تبدو نظرية منطقية، لكن إذا كانت قد ماتت في حمَّامها، فكيف لها أن تتذكر أن آخر مكان كانت فيه هو السطح وليس غرفتها؟!

ـ اسمحيلي أساعدك تلاقي التلفون. إنتِ طلعتِ الرووف لوحدك؟

ـ أيوه، ما كنتش في الموود وطهقانة من نظرات الناس ليَّ في البار، فقررت أطلع أدخن الفيب بتاعي بهدوء، بس برضو لقيت المكان زحمة والناس عايزة تتصور معايا فطلعت فوق.

ـ فوق فين؟

ـ عند التانكات.

قالتها مشيرةً إلى أقصى اليمين، حيث توجد درجات سلم جانبية، تنتهي بباب غرفة وُضِعت عليه لافتة واضحة مكتوب عليها باللغتين العربية والإنجليزية:

غير مصرح بالدخول لغير العاملين

إنها خزانات المياه العملاقة التي تضخ ماءها في كل مرافق الفندق، وصنابيرها التي من بينها صنبور الحمَّام الذي اشتكت جليلة من رائحته العطنة المثيرة للاشمئزاز!

اتضح الأمر!

اتجهت نحو ذلك الجزء المحظور، لعلِّي أجد إجابات على أسئلتي. صعدت درجات السلم المؤدية إلى الباب، وكدت ألمس مقبضه وأفتحه، لولا أن ظهر لي من العدم فرد أمن وضع يده على المقبض قبلي:

ـ سوري يا فندم! الدخول للستاف بس.

ـ مباحث يا حبيبي. افتح الباب.

تعجبت سهر من جديتي، ورددت:

ـ مباحث؟!

ـ أنا آسف يا فندم!

قالها فرد الأمن متوترًا، ثم عقَّب:

ـ أنا باعمل شغلي و...

ـ مفهوم. افتح.

ـ طب هو فيه حاجة أو...

ـ إنت اسمك إيه؟

ـ إسلام يا فندم.

ـ شوف يا إسلام، أنا خُلقي ضيق ومليش في التبرير، بس ليَّ زميل باله طويل وبيحب الرغي زيك كده، هو قاعد في القسم دلوقتِ، تحب أبعتك له وهو يحكيلك أنا عايزك تفتحلي الباب ليه، ولَّا تنجز نفسك وتنفِّذ من غير لت وعجن؟

ارتبك الشاب الأسمر المسكين، وأخرج المفاتيح من جيبه، وفتح لي الباب بصمت. وكدت أخطو داخل الغرفة، لكني وجدته يهم مبتعدًا مُخرجًا هاتفه، فوضعت يدي على كتفه قائلًا:

ـ على فين يا إس؟ تعالَ معايا أحسن أتوه.

ـ تحت أمرك يا فندم. أنا بس عايز أبلَّغ المشرف.

ـ أوي أوي. نطلع نبلغه سوا.

علقت سهر أخيرًا وكأنها كانت تشاهد عرضًا مسرحيًّا:

ـ برافو عليك، خليك ماسك فيه كده، أكيد هو اللي سرق الموبايل بتاعي.

خطوت إلى الداخل، فوجدت أمامي طاقة صغيرة لا شك أنها تفضي إلى خزانات مياه الفندق. سألت سهر دون أن أنظر إليها متظاهرًا بأني أتحدث عبر الهاتف:

ـ كنتِ قاعدة فين بالظبط؟

ـ فوق التانك. كنت بادخن من الفيب. بعدها... مش فاكرة، تقريبًا أغمى عليَّ أو نمت، بس أنا حلمت إني باغرق جوه حوض كبير ضلمة، يظهر إني اتأثرت بكلام بابا عن حلمه الغريب.

حين فتحت الطاقة رأيت درجة مسطحة كبيرة مرتفعة تتجاور فوقها الخزانات، وفهمت ما قصدته بالغرق في حوض كبير، حيث بدا ارتفاع كل خزان ثلاثة أمتار تقريبًا، وقطره مترين. وكان على هيكل كل خزان سلم صغير يوصل إلى سطحه المغطى.

حجم الخزان، وشكوى جليلة من رائحة الماء، وحلم والد سهر، أوضحت لي الرؤية.

سهر لم تغرق في حوض كبير، لقد سقطت في أحد خزانات المياه، الكفيل بأن تموت بداخله إن كانت ثملة أو تحت تأثير المخدرات.

سألتها متظاهرًا بالحديث في الهاتف:

ـ أنهي خزان في دول؟

ـ التاني، اللي على اليمين ده.

التفت إلى فرد الأمن أسأله بنبرة الداخلية المخصوصة:

ـ إنت اللي بتحرس الباب ده كل يوم؟

ـ لا يا فندم، محدش شغلته حراسة الباب، بنكتفي بكاميرات المراقبة مش أكتر.

ـ أومال إيه اللي موقفك قدامه دلوقتِ؟!

ـ أوامر مستر داغر.

ـ يطلع مين مستر داغر ده؟

ـ المدير المناوب.

تأملت المنطقة، كان هناك تسريب مائي من أحد الخزانات جعلني أتساءل: كيف لفندق راقٍ وفخم، ويُعَد الأعلى سعرًا في القاهرة، أن يُترَك فيه خزان المياه بلا صيانة أو إصلاح؟!

صعدت سلم الخزان الذي أشارت إليه سهر، ووجدتها تتبعني قائلة:

ـ لو محدش سرق الموبايل، هتلاقيه جنب فتحة الميه، أنا تقريبًا سبته هناك.

ـ إنتِ إيه اللي طلعك فوق الخزان من أساسه؟

ـ كنت عايزة أوصل لأعلى نقطة في الأوتيل. طلبت معايا أطير.

ـ آديكِ طرتِ خالص! الله يخرب بيتك!

وصلت إلى قمة الخزان وكأنني تسلقت إلى قمة جبل «إفرست»، ثم نظرت إلى غطائه المعدني الذي لا يقل وزنه عن تسعة كيلوجرامات، وإذا به ـ وبعكس باقي أغطية الخزانات المجاورة ـ مغلق بقفل ضخم.

ـ ها؟ لقيت الموبايل؟

ـ إنتِ لما طلعتِ فوق الخزان ده إمبارح، كان غطاه مقفول؟

ـ لأ، كان مفتوح، بس أنا لما صحيت لقيته مقفول. أكيد عامل الصيانة قفله بعد ما خلص شغل.

ـ أنهي عامل صيانة؟

ـ مش فاكرة، اسمه كان فيه حرف «العين». طلع إمبارح وساب باب الأوضة مفتوح، فأنا دخلت وراه وشُفته شغّال في الخزانات، هو اللي ألهمني أطلع أشوف الفيو ده. بص كده، الدنيا حلوة أوي من فوق.

وددت أن أقول لها إنها صارت «فوق» بما يكفي، لكن التهكم مع الأرواح على موتها لم يكن بالفكرة السديدة الآن.

نزلت عن الخزان متسائلًا: لِمَ لم يُكمل عامل الصيانة عمله في الخزان الذي يسرب الماء على السطح؟!

وقفت على الأرض آمرًا إسلام:

ـ افتحلي غطا الخزان ده.

ـ محدش معاه مفتاحه غير عطية.

علقت سهر:

ـ أيوه، هو ده اسم بتاع الصيانة.

ـ اندهلي عطية ده حالًا.

ـ حاضر.

قالها وهو يُخرج اللاسلكي الداخلي للفندق، وتحدث فيه:

ـ عايزين عطية عند الخزانات دلوقتِ.

الأمر مشبوه جملةً وتفصيلًا!

كان السيناريو الذي لاح في مخيلتي أن سهر صعدت بكامل إرادتها إلى قمة الخزان، ثم فقدت توازنها من شدة السُّكْر وسقطت، ثم غرقت ولم ينتبه أحد إلى جثتها التي أثق أنها تطفو الآن داخل الخزان.

لكن، ماذا عن وجود حارس على غير العادة على الباب، يستميت حتى لا أفتحه وأدخل إلى الخزانات؟ وماذا عن غلق غطاء الخزان بقفل كبير دونًا عن باقي الخزانات؟ إنها شبهة جنائية لا شك فيها!

❋ ❋ ❋

أعرف الجبان حين أراه، فرائحة خوفه تسبقه، وتجعل جبينه يتصبب عرقًا، وأطراف فمه تتلوى بشكل لاإرادي، والرعشة الخفيفة تسري في أصابعه.

هكذا كانت حال عطية النحيف، ذي القامة القصيرة والبشرة القاتمة والرأس الأصلع، الذي وقف أمامي مرتبكًا بعد أن أمرته بفتح الخزان الثاني على اليمين.

ـ أنا والله مش معترض، بس مستر تامر داغر لو عرف إني فتحت الخزان من غير إذنه، هيقطع عيشي، يعني يرضيك يا باشا تـ...

٧١

ـ آه يرضيني. اخلص.

ـ يا باشا والله أنا...

زفرت آخر ذرة صبر عندي، فالليلة كانت مفزعة بما يكفي، ولا أريد أن أنهيها بسحب ذلك المغفل الأبله الذي يخاف من مديره أكثر مما يخاف من مخالفة القانون، إلى القسم.

اقتربت منه داسًّا يدي في جيب «العفريتة» السوداء التي يرتديها، فتكهرب قائلًا:

ـ إيه ده يا باشا؟!

ـ اثبت يا حبيبي.

رُحت أفتش جيوب زي الصيانة الأسود التي لا تنتهي، وسهر تقف خلفي لا توجه الحديث إلى أحد غيري، وقالت بتشفٍّ لا يليق بحسنها المخملي:

ـ فتشه كويس، أكيد مخبي الموبايل في جيبه.

تركتها مقتنعة بأننا نخوض رحلة البحث عن هاتف الراقصة المثيرة وليس جثتها، حتى وجدت مرادي بين جيوبه؛ سلسلة مفاتيح متفاوتة الأحجام.

هززتها أمامه فانكمشت ملامحه، وتبلورت الدموع في

عينيه، وهذا مما يثبت أن موت سهر ليس مصادفة بأي شكل.

ـ ألعب حادي بادي وأطلَّع مفتاح الخزان لوحدي وأيًّا كان اللي هالاقيه جواه إنت مسؤول عنه، ولَّا هتتعاون معايا وتبقى أشطر كتكوت في الفندق المنيَّل ده؟

تعجبت سهر قائلة:

ـ وإنت عايز إيه من التانك؟ أكيد يعني مش هيخبي الموبايل في الميه!

لم يكن الوقت مناسبًا للشرح، فقد انكسر ما تبقى من تماسك عطية وهو يسحب المفتاح المنشود ثم ينفجر باكيًا مولولًا:

ـ والله العظيم يا باشا أنا مليش دعوة! أنا عبد المأمور!

ـ طيب، اطلع افتح الخزان يا عبد المأمور.

ظل يبكي كطفل كدَّرته أمه، وصعد إلى قمة الخزان كالعويل، ثم فتح القفل بأصابع مرتعشة ورفع الغطاء الثقيل بذراعين مهتزتين، وراح يبكي بشدة نادمًا على المنظر الذي لم يكن مفاجئًا له.

ـ ها يا عطية؟ الجثة لسه عندك ولَّا لحقت تنقلها؟

ـ يا بيه إنت غلطان.

ـ غلطان؟! ده على أساس إن اللي عايم على وش الخزان عندك ده سمك زينة مش جثة سهر؟!

صرخت سهر بهستيريا، وركضت برشاقة صوب الخزان لتتسلق درجاته بعد أن نزل عطية ووقف أمامي مكفهر الوجه.

نظرت في الخزان، ورأت جثتها في حالة متوسطة من التحلل داخل الماء العكر الذي ظلت فيه ليلة كاملة قبل أن يدرك أحدهم وفاتها، ودون أن يعلم نزلاء الفندق أنهم يغتسلون بماء تذوب فيه جثة الراقصة الشهيرة.

كانت تلك المرَّة الأولى التي فيها روحًا تفقد وعيها. لم أظن يومًا أن هذا ممكن، لكنها أغشي عليها وسقطت من فوق درجات سلم الخزان. ولكونها روحًا، فلم تصطدم بأرض السطح، بل نفذت منها، ولا يعلم إلا الله كم طابقًا ستنفذ من سطحه حتى تستفيق.

* * *

استقبلت اتصالًا من دليلة، لكني لم أرد، ورُحت أتصل بقطز على هاتفه الذي استعاده اليوم من اللصوص قبل عيد ميلاد الطفلين.

جاءني صوته وهو يلوك طعامًا ما كالجمل، وفي الخلفية موسيقى هادئة وحركة شوك وملاعق، حدثني بنبرة مهذبة لا يستخدمها إلا مع كبار السن والسيدات:

ـ آلو يا نوح، إزيك؟

ـ إنت مع مين؟

ـ قولي محتاج إيه، إنت عارف إني ما أقدرش أتأخر عليك.

ـ خليني أخمن، شقطت آسيا وعازمها دلوقتِ على بيتزا في «Maison Thomas»، صح؟

ـ حاجة زي كده.

قالها ضاحكًا، ثم أردف:

ـ شوية وأكلمك؟

ـ لأ. تعالالي الفندق دلوقتِ عشان فيه ناس هنا عايزة تتروَّق.

قلتها راميًا عطية بنظرة أوشك معها أن يبلل بنطلونه.

ـ حد سخِّف عليك إنت ودليلة ولَّا إيه؟

ابتعدتُ عن عطية وفرد الأمن حتى لا يسمعاني أسب زميلي الذي يجب أن أحفظ هيبته أمامهما:

ـ وأنا يوم ما حد يسخَّف عليَّ هاكلمك إنت يا مُهزأ يا اللي
ما بقالكش ساعتين متثبت؟!

ـ حبيب قلبي والله، كلك ذوق.

ـ انجز يا حبوب عشان فيه جريمة قتل هنا في الفندق!

ـ ده بجد؟

ـ لأ، ميمز.

ـ إزاي؟ مش إنت...

ـ أنا بلغت، والرجالة كلها في الطريق، هتنجز ولَّا هتقضيها
مضغ في ودني؟!

٤

انتشر رجال البحث الجنائي ببزاتهم النايلون وقفازاتهم الطبِّية كالنحل الدؤوب فوق السطح، بقيادة أمهر خبرائهم حسني المستكاوي الذي ظل يصدر تعليماته لرجاله ويشير هنا وهناك وهو يحثهم على رفع جميع البصمات من فوق الخزان، وأخذ عينات من المياه قبل شفطها، وتفريغ الخزان ليتمكنوا من إحداث فجوة في قاعه لإخراج جثة سهر العائمة على سطحه.

حضر قطز متأخرًا، وترنح مختالًا بنفسه واضعًا يديه في جيبيه وهو يصفر ويدندن:

ـ على عش الحب.. وطير يا حمااااام.

وقف بجواري غير مبالٍ بما يدور حوله وكونه في موقع جريمة، ثم قال:

ـ يا مساء العواطف. أنا النهارده أسعد بني آدم في المجرة.

ـ ما كانوش حتتين بيتزا!

ـ السر مش في الأكلة، السر في اللي بيشاركك فيها.

ـ يا سيدي أنا ما باحبش حد يمد إيده في طبقي. ممكن نركز في الجثة اللي قدامنا؟

ألقى قطز نظرة خاطفة على جثة سهر التي توضع في الكيس، ثم سألني:

ـ قلبة المووددي سببها إن رقاصتك المفضَّلة ماتت ولَّا فيه أسباب تانية؟

ـ بس يا قطز دلوقتِ، خليني أفكر.

سكت، بينما اقترب حسني منا، فسأله قطز وكأنه يطمئن من طبيب النساء على حمل زوجته:

ـ ها يا حسني؟ طمنا!

ـ من حالة تحللها، الجثة دي بقالها من ٢٤ لـ٣٦ ساعة في الميه.

سألته والهاتف يهتز في يدي باسم دليلة مجددًا فكتمت الصوت:

ـ فيه بصمات؟

ـ بصمتين، هنقارنهم ببصمات كل العمال اللي مسموح ليهم بدخول السطح عشان نعرف أصحابهم، و...

قاطعته قائلًا:

ـ فيه طريقة أسهل وأسرع بكتير عشان نعرف أصحاب البصمات.

قلتها مشيرًا إلى كاميرا المراقبة المسلطة على منطقة الخزانات، التي ستكشف لنا هوية أصحاب البصمات بالصورة والبرهان القاطع، ثم أردفت متسائلًا:

ـ سبب الوفاة الغرق؟

ـ لما نشرَّحها هاشوف فيه رغوة في المجرى الهوائي ولَّا لأ.

ـ بس إنتو لقيتوها عايمة في الخزان، يعني جسمها اتملا ميه.

ـ ده مش معناه إن سبب الوفاة الغرق، ممكن تكون اتقتلت بره الخزان وبعدها اترمت جواه. اختناق الرئة هيبقى العلامة الفاصلة، لأن ده اللي بيميز بين اللي مات وهو بيقاوم الغرق وبين اللي اترمى في الميه وهو جثة.

ـ بس الجثة كانت على ضهرها، ده معناه إن حد زقها.

ـ مش لازم. خد بالك إن دي خزانات متوصلة بمواتير بتسحب الميه. ممكن تبقى واقعة على وشها من الأول والحركة الناتجة عن سحب الميه من الخزان بالموتور غيَّرت الوضعية اللي وقعت بيها. على كل حال، إحنا هنشتغل على طول، أنا واثق إن الإعلام هيقلب الدنيا عشان يعرفوا سبب موتها.

اقترب أحد رجال حسني مناديًا:

ـ دكتور حسني، لقينا دي في الخزان.

وأشار إلى سيجارة إلكترونية بخارية وهو يضعها في حقيبة بلاستيكية مضغوطة، فأخبرته:

ـ ده الفيب اللي كانت سهر بتدخن منه.

ـ عرفت منين؟!

قالها حسني مستغربًا.

ـ كانت بتتصور به كتير على الإنستجرام.

نظر إليَّ قطز منبهرًا من سرعة بديهتي التي زيَّفت الحقيقة التي يعلمها وحده.

ـ دا إنت معجب كبير بقى!

قالها حسني بسذاجة، ثم عقَّب:

ـ صحيح، إنت عرفت منين إن جثتها هنا؟

أنقذتني مكالمة دليلة من هذا الموقف، فضغطت زر الإجابة على الفور، ليأتيني صوتها وهي فاقدة أعصابها كليًّا:

ـ بجد؟! ساعتين يا نوح؟!

ـ معلش، بس...

ـ بس إيه؟! حركة مش حلوة أبدًا، أنا قاعدة زي...

ـ كان فيه قلق.

ـ يعني إيه؟

قالتها مرتبكة، ثم سألت:

ـ إنت كويس؟

ـ آه، ما تقلقيش.

ـ تمام.

قالتها زافرة بضيق جاهدت لتكبته، ثم أردفت:

ـ عامةً، ميرسي أوي على اليوم الجميل اللي قضيناه مع بعض ده!

ـ معلش، أنا نازِّلك دلوقتِ.

ـ تنزلي فين، أنا خلاص روَّحت! تصبح على خير!

وأنهت المكالمة، فزفرت غاضبًا.

كان لديَّ ما يكفيني من الهموم والتوتر في تلك الليلة، ولم أرغب في أن أختمها بمشادة مع دليلة.

ـ انزلَّها.

قالها قطز الذي أصبح تنصته على مكالماتي مع دليلة عادة.

ـ روَّحت خلاص!

ـ يبقى رُحلها.

ـ أروح فين في اللي إحنا فيه ده!

ـ لو بتحبها، رُحلها لحد البيت واعتذر.

ـ إيه جو إعلانات ميلودي تونز ده؟!

ـ والنبي يا نوح وفر خفة دمك دي لدليلة، محدش غيرها بيضحك على استظرافك.

ـ يا ابني فيه جثة غرقانة في خزان الفندق و...

ـ دايمًا هتكون فيه جثة، ودايمًا هيكون فيه مجرم، ودايمًا أنا وإنت هنحل القضية، بس مش دايمًا هتلاقي حد بيحبك ومستنيك!

قالها بابتسامة عاطفية مبتذلة، ثم ربت على كتفي وعاد إلى تأمل رجال البحث الجنائي وهم يتابعون عملهم، وهو يدندن أغنية شادية: «على عِش الحب».

* * *

مع انتصاف تلك الليلة الصيفية البشعة، كانت الطرق شبه خاوية، ومناسبة لمشهد دموي من فيلم مرعب يثير مخاوفك، بالقدر نفسه الذي تخيفني به مواجهتي مع دليلة وأنا في طريقي إلى بيتها المختبئ وسط أشجار المعادي الخضرة وصمتها وهدوئها المعتادين.

كانت أضواء الغرف كلها مطفأة عدا ضوء غرفتها، لذا استجمعت شجاعتي وأرسلت إليها رسالة نصية:

«أنا تحت بيتك. انزلي نتكلم».

كانت اثنتا عشرة دقيقة من أقسى وأسخف الدقائق التي مرت عليَّ، وأنا عقلي يتأرجح بين التفكير في مقتل سهر، ومطاردة روح فتون الثائرة، والأرعب وهو غضب دليلة عليَّ.

انتشلني من شرودي صرير بوابة حديقتها الحديدية التي فتحتها لتقترب من سيارتي الواقفة بمحاذاة الرصيف، مرتديةً بنطلونًا رياضيًّا قطنيًّا، والقميصَ المرسومة عليه صورة المحقق كونان الذي اشتريته لها الأسبوع الماضي.

٨٣

جلست بجواري وصفعت الباب بقوة ارتدت إلى قلبي، لكني تشبثت بزمام الحكمة ولم أعلِّق على تلك الحركة المستفزة التي تتوارثها بنات حواء.

راقبتها وقد زمَّت شفتيها وكرمشت أنفها لتعلن عن غضب لا يناسب منامتها الكرتونية، فتنهدت متهكِّمًا بغرض كسر الصمت الثقيل:

ـ كنت فاكرك متطعمة ضد دراما النسوان دي! مشيتِ لوحدك ليه؟

أجابتني بنبرة غيظها المميزة، لتخرج الأحرف من بين أسنانها وضروسها بصوت أقرب إلى الفحيح، ونظرتها مثبتة أمامها دون أن تلتفت إليَّ:

ـ مش عارف ليه؟! يمكن عشان سبتني ساعتين لوحدي وما هانش عليك حتى ترد على الكلبة اللي بتهوهولك على التلفون؟!

ـ قلتلك كان فيه قلق وما قدرتش أكلمك و...

ـ معلش! قلق إيه؟! حد سرق حاجة من نزيل في الفندق؟ حد قتل حد؟

ـ أيوه، لقيت جثة.

ارتبكت للحظة، ونظرت إليَّ بطرف عينها، ثم استعادت دلائل الغضب مجددًا:

ـ وإيه الجديد؟ دي حياتك اليومية وشغلك الطبيعي، اللي مش طبيعي إنك تنساني وتسيبني كل ده لوحدي، خصوصًا وإنت عارف إن...

ـ إن خطيبك القديم موجود، وشكلك قدامه بقى وحش، مش كده؟

نظرت إليَّ وقد احمرت عيناها غضبًا، واتسع ثقبا أنفها وكأن بخار غيظها سيخرج منهما، لكنها زفرت ثم علقت بنبرة أهدأ:

ـ وهو غلط لما أطلب إن الإنسان اللي باحبه يبقى معايا؟

ـ طب كويس إنك عارفة إننا المفروض بنحب بعض وبينا علاقة جادة. يا ريت بعد كده تقدميني على الأساس ده لخطيبك القديم، اللي لحد دلوقتِ أنا مش فاهم ليه ما عرَّفتِنيش إنه بيحاول يكلمك تاني!

ـ عشان مش عايزة مشاكل.

ـ وأنا من إمتى باعملَّك مشاكل؟!

ـ ما تمسكليش على الكلمة يا نوح! أنا ما كنتش عايزة

أعكَّر علاقتنا بحاجة مش هتفرق لا معاك ولا معايا. أنا عاملاله بلوك من كل حتة، وهو بنفسه قال قدامك إنه بيحاول يكلمني، وأنا مش بارُد، عايز مني إيه تاني؟!

ـ مش عايز منك حاجة يا دليلة. أنا كنت جاي أطمن إنك كويسة مش أكتر.

زفرت بضيق وهي تنظر من النافذة، ثم تنهدت وتكلمت بهدوء:

ـ عصبيتك وقفشك دول مش عشان حوار كريم اللي أنا واثقة إنه ما يفرقش معاك بقرش. إنت فيك حاجة!

وضعت يدها على يدي، ونظرت إليَّ بقلق:

ـ قولِّي إيه اللي مضايقك؟

ـ مفيش حاجة معينة.

ـ وبعد كده بتقولوا علينا إحنا اللي مش سالكين! أنا واثقة إن فيه حاجة خانقاك بس إنت بتتكابر ومش عايز تطلَّع اللي جواك. إنت عارف بابي قبل ما يموت قالي إيه؟ قالي روحي انقذي نوح. الأول كنت فاكرة إنه عايزني أنقذك عشان فتون سممتك في مكان مهجور محدش قدر يوصله غيري، بس مع الوقت اكتشفت إنه عايزني أنقذك من نفسك! إنت قاسي أوي على نفسك يا نوح، وبتحملها أكتر من طاقتها و...

ـ عارفة إنتِ بقى وصية أبوكِ ليَّ كانت إيه؟ ما تخليش دليلة تتجوز كريم!

جفلت من سخافة ردي الذي تردد صداه في أذنَي، لأكتشف مدى سماجته وعدم اتساقه مع حساسية ما صرحت لي به وقلقها عليَّ، لكن هذا ما أفلح فيه منذ طفولتي؛ حين أشعر أن أحدهم يكشف أسراري الحساسة لا أُسرع في ستر نفسي فحسب، بل ألكمه في عينيه حتى يعجز عن رؤية عورتي.

ـ نوح، إنت عايز توصل لإيه؟

ـ أنا بقالي يومين مطبَّق وواخد أجازة بالعافية عشان أحضر معاكي فرح أهبل، تيجي في النهاية تقدميني للبغل ده على إني نوح؟! مين نوح ده بقى؟ دوره إيه يعني في حياتك؟

ـ إنت عامل الحوار ده كله على اللقطة دي؟! أولًا، أنا كنت متوترة ومش عايزة أقف أرغي معاه وأحكيله أحدث أخباري العاطفية. ثانيًا، إنت اللي قلتلي إنك بتكره كلمة «boyfriend»، وبطلتهالي خالص، عايزني أقول عليك إيه للناس؟

لم أُجبها، فاقتربت بدلال، ووضعت يديها على كتفي

لتسند عليها ذقنها، وهمست بأنوثة لم أكن أتخيلها كرد فعل على سخافتي معها:

ـ عارف؟ أنا لو منك آجي أخطبني، عشان تترقى من نوح، لـ«خطيبي نوح».

أجبتها بابتسامة ونبرة متهكمة:

ـ لأ، مش للدرجة دي، «boyfriend» كفاية عليكِ!

قلتها ساخرًا، ساذجًا، مغفلًا، أحمق، وأنا أضحك كالأبله، ولم أسمعها تبادلني الضحك، فالتفت إليها، وتيقنت أني فتحت أبواب الجحيم على نفسي حين وجدتها تنظر إليَّ نظرة أشبه باللعنة! انتبهت للخطوط التي ظهرت في منتصف جبينها، وفكيها المطبقين بشدة وهي تكز على أسنانها وضروسها، فارتبكتُ كطفل مذنب، وقلت:

ـ بتبصيلي كده ليه؟!

أزاحت يديها عن كتفي، وأبعدت رأسها عني، وكأن حية لدغتها.

ـ طب إنتِ قفشتِ ليه دلوقتِ؟ على فكرة أنا اللي كنت قافش.

ـ من الواضح إنك ذكي مع الجثث والأرواح بس!

فتحت باب السيارة وهمَّت بالنزول، لكني أمسكت بيدها موضحًا:

ـ أنا كنت باهزر. مش قصدي أقول حاجة تـ...

ـ هزارك واستخفافك بيَّ دول بيخلوني أحيانًا أسأل نفسي: هو بيحبني لشخصي قد ما أنا باحبه، ولَّا بس عشان أنا شبه روح البنت اللي قابلته في جبل الموتى وعلَّمته إزاي يتكلم مع الأرواح وفِضل طول حياته معجب بيها؟!

لم تقل تلك الجملة بغضب، ليتها كانت غاضبة وثائرة، لكان إحساسي بالذنب أقل، لكنها كانت منكسرة ومحبطة وشاعرة بأذى لم أظنني يومًا قادرًا على إلحاقه بها.

لعنة الله على عفوية الرجال!

نزلت من السيارة وهي تمارس دورها كأي أنثى مصرية أصيلة في أي مشادة عاطفية؛ فصفعت باب «النوبيرا» المسكينة، لتنزل الصفعة على وجهي، لكني لم أشكُ؛ لقد استحققت ذلك عن جدارة، خصوصًا أني لم أنزل وراءها طالبًا الغفران، لقد تركتها تدخل بيتها وكلي ثقة أنها ستبكي في اللحظة التي سأغرب فيها عن وجهها.

أدرت محرك السيارة وعدت إلى الفندق.

كانت على حق، أنا ذكي وسط الجثث وأرواح الموتى فحسب!

* * *

وجدت قطز في بهو الفندق يتكلم وعلى وجهه ابتسامة واسعة تليق بحلاوة البدايات التي ستتحول إلى علقم يُمَرِّر الحياة كلها فيما بعد.

ـ الموضوع كله سينمائي بحت. لقينا جثتها في الخزان. الرقاصة الجديدة دي اللي اسمها سهر، و...

خطفت الهاتف من يده، وأنهيت المكالمة وأنا أنهره:

ـ إنت بتستهبل؟ ده تحقيق مفتوح والمفروض ما تطلَّعش معلومة عنه لأي حد حتى لو كانت آسيا بتاعتك دي!

راح يحدق بي، ثم قال ببروده المعتاد:

ـ يبقى دليلة طرقعتلك.

ـ الشغل مفيهوش هزار يا قطز! شوفلك طريقة تانية تشقطها بيها غير إنك تسرَّبلها معلومات قضية إحنا شغالين عليها!

ـ أيوه يعني صالحتها ولَّا لأ؟

ـ قصدك نيِّلتها. النهارده مش يومي خالص! خلينا في وكستنا دي! فيه أي جديد؟

٩٠

ـ طبعًا فيه. تعالَ معايا.

قالها بنبرة الحماس، ولمعة العينين، اللتين تتمكنان منه حين يكتشف شيئًا مريبًا.

* * *

أدخلني قطز إلى غرفة أمن الفندق الخاصة بمراقبة الكاميرات. كان يجلس على الكرسي مصطفى تقني المعمل الجنائي ذو العوينات التي تجعل عينيه في حجم كويكب بلوتو، وكان يمضغ علكة تفوح منها رائحة النعناع، بصوت يجعلك تعتزل المضغ لِما تبقى من عمرك.

انشغل بالضغط على أزرار لوحة المفاتيح، وأمامه فيديو لمنطقة خزانات المياه، يعدل فيه شيئًا ما، بينما قال قطز:

ـ إحنا جمعنا كل اللقطات اللي سهر باينة فيها. جات إمبارح الساعة أربعة العصر، وطلعت أوضتها قعدت حوالي ساعتين، وبعدين طلعت منها ماشية بتطوَّح، وبعدها راحت البار الساعة ستة قعدت ساعة أربعت فيها كل حاجة تقريبًا. كذا حد طلب يتصوَّر معاها فاتضايقت وطلعت الرووف. الكاميرا جابت عطية رايح يعمل صيانته الساعة سبعة وربع بالليل. فتح باب

غرفة العاملين اللي في أقصى يمين السطح بمفتاحه، وسهر دخلت وراه.

ـ وبعدين؟

ـ اتفرج كده.

قالها قطز في اللحظة التي شغل فيها التقني لقطة من الفيديو الذي سجَّلته الكاميرا، عداد الزمن يوضِّح توقيت اللقطة التي كانت بالأمس في الساعة السابعة مساء وسبع عشرة دقيقة. توضح اللقطة صعود عطية على سلم الخزان الثاني على اليمين، ويبدأ في العمل عليه برفع غطائه مباشرة دون أن يفتح أي قفل عليه.

كانت الطاقة التي تصل بين حجرة السطح ومنطقة الخزانات مفتوحة بعد صعوده، فظهر رأس سهر مطلًّا من الطاقة، ثم ظهرت ممسكة بسيجارتها الإلكترونية، بينما تدخن سيجارة أخرى من الواضح أنها سيجارة حشيش.

نفثت دخان الحشيش، ثم عادت ثانية من الطاقة دون أن تصعد إلى أعلى الخزانات أو تقترب منها، لتختفي عن نطاق عدسة الكاميرا.

ظل قطز ينقل بصره بيني وبين الشاشة قائلًا بابتسامة متحمسة:

ـ شُفت؟

ـ يعني إيه؟! سهر ما طلعتش للخزانات أصلًا؟!

نظر إليَّ قطز بقلق بيِّن وكأنني أخبرته بإصابتي بمرضٍ مُعدٍ!

ـ نوح، الفيديو ده ملعوب فيه! بص كويس.

أشار إلى التقني:

ـ رجَّع اللقطة دي يا درش.

أعاد اللقطة، فنظرت بدقة شديدة، وما زلت عاجزًا عن التقاط الثغرة التي تجعل قطز متيقنًا من تزييف الفيديو، وحين أدرك بلاهتي فسر لي وكأنني طالبه البليد:

ـ درجة حرارة دخان السيجارة أعلى من درجة حرارة الجو المحيط بيه، ده بيخلي كثافة الدخان أقل، وبيخليه يطير لفوق مش ينزل لتحت. فاهم قصدي؟ الحركة الطبيعية للدخان من تحت لفوق.

قالها مشيرًا إلى دخان سيجارة الحشيش التي ظهرت سهر في الفيديو وهي تدخنها، ولم يكن الدخان يتصاعد إلى أعلى، بل ينزل إلى أسفل، أي أن حركته عكسية.

ـ بُما إن حركة الدخان في اللقطة القصيرة دي من الفيديو عكسية...

ـ يبقى اللقطة دي شغالة عكسيًّا، حد قصها وعملَّها «reverse»، عشان يبان إن سهر بتتنزل تاني لتحت، إنما في الحقيقة هي كانت طالعة لمنطقة الخزانات مش نازلة منها.

هذا يوضح سبب كون عدَّاد الزمن يتوقف عن عد الثواني في تلك اللقطة، وكذلك يبرر لِمَ لم يجدوا أي لقطة أخرى لسهر وهي في أي ممر أو مصعد مما يفيد بعودتها إلى غرفتها بعد تلك اللقطة المزيفة لها وهي تنزل من السطح، بينما في الحقيقة كانت تصعد إليه.

هنا انطلق التقني الذي ظننته أصم لسكوته الطويل:

ـ مسؤول «IT» الفندق قال إن «UPS» الكاميرات فصل شحن، عشان كده مفيش أي لقطات متسجلة لمدة ساعة كاملة بعد اللقطة دي لسهر.

ـ ده ممكن يحصل؟

ـ ممكن يحصل في لوكاندة تحت بير السلم، مش في فندق على أعلى مستوى أمني. فيه حد مش محترف قص كل اللقطات دي، بس أنا ساعة بالكتير وهارجَّعلكم كل اللي اتمسح.

ـ عاش يا درش.

قالها قطز وهو يربت على كتف مصطفى، وأنا أهمس له
معلِّقًا:

ـ اللعب في الكاميرات، والحراسة اللي على الباب،
والقفل اللي على الخزان، معناهم إنها جريمة قتل
رسمي، واللي عملها حد من جوه الفندق.

٥

قال لي أبي يومًا إن التحقيقات البوليسية كالفن تمامًا، القاتل هو الفنان المبدع، والضابط هو الناقد الصارم الذي عليه تأمُّل ذلك المُنتَج الفني وتحليله وتفكيكه كي يعثر على الثغرة التي سيتمكن من خلالها من الإمساك بذلك المجرم من تلابيبه وزجِّه في السجن. لكني، وبكل أمانة، لا أرى أي أمارات فنية في وجه عطية الذي ظل يبكي كقَروي سُرقت حقائبه في محطة رمسيس بينما يمسح ما سال من أنفه بكُم بزَّته السخيفة، ليقول متشحتفًا في غرفة الكاميرات:

ـ والله العظيم أنا ما عملت حاجة!

علَّق قطز بخبث وهو يحبك خيوط شباكه كي يُوقع عطية:

ـ يعني هنكدِّب الكاميرا ونصدَّقك؟ الكاميرا جايباك معاها لوحدك في منطقة الخزانات.

ـ وحياة خالتي يسرية يا بيه، أنا طلعت فوق الخزان أشوف

شغلي وسبت الطاقة مفتوحة، بعدها بقيمة خمس دقايق شميت ريحة لا مؤاخذة يعني حشيش، بصيت تحت لقيتها الرقاصة دي الله يحرقها ويحرق الساعة اللي خطت فيها الفندق! كانت واقفة تحت الخزان، وأنا عادي زي أي راجل حضرتك طلبت أتصور معاها، بس أنا كنت سايب التلفون في المخزن عشان باخاف العدة تقع في الخزان وأنا شغال، فطلبت منها تستنى أجيب التلفون وآجي، وهي وافقت. رجعت لقيتها فص ملح وداب.

ـ داب في الخزان اللي رميتها فيه!

ـ وحياة خالتي يسرية ما آذيتها. أنا طلعت ما لقيتهاش، وكملت شغلي عادي، قلت تلاقيها مشيت.

ـ أومال قفلت الخزان ده بالذات بالقفل ليه؟

توتَّر مجددًا، وزاد بكاؤه:

ـ المفروض كلهم يتقفلوا، بس أنا نسيت أقفل باقي الخزانات.

حككت ذقني قائلًا:

ـ أنا مش بالع حرف من الفيلم الهندي ده يا عطية!

ـ طب وحياة خـ...

ـ وحياة خالتك يسرية أنا ما مصدَّقك. بصماتك على الخزان وعلى الجثة، فانجزنا وقول قتلتها ليه؟

حديثي بخصوص البصمات على الجثة نجح في إصابته بالفزع، كفرخة حاصرها وحش ضارٍ، فراح يتكلم بنقنقة مزعجة اختلطت بدموعه التي لا تنضب:

ـ وحياة خالاتي كلهم ما قتلتها، هي اللي وقعت، أنا رجعت لقيتها غرقانة لوحدها.

ساد الصمت لثوانٍ، أدرك فيها عطية حماقته واندفاعه، بينما ابتسمت ظافرًا:

ـ يعني ما رجعتش لقيتها فص ملح وداب زي ما بتقول؟! إنت شُفت جثتها، ومع ذلك قفلت عليها الغطا بالقفل، وما بلَّغتش لمدة ٢٤ ساعة كاملين. تفتكر إيه السبب يا قطز باشا؟

أجابني قطز متلاعبًا بأعصاب عطية:

ـ أعتقد يا نوح بيه إنه طمع في مجوهراتها، وحب يهادي بيها خالته يسرية.

ـ للأسف، مفيش حاجة مسروقة منها يا قطز باشا. أعتقد

إنه استغل إنها شاربة ومتمرمغة في الحشيش وحاول يتحرش بيها، فلما صوتها عِلي وحس إنها هتسببله مشاكل رماها في الخزان.

مسح عطية دموعه بعد أن وقع في المصيدة، وأسهب في الحديث بنبرة مرتعشة:

ـ مستر تامر داغر اللي قالي ما أبلغش الأمن. هو اللي أمرني أقفل على الجثة.

ـ بعد ما إنت زقتها؟

ـ لأ. بعد ما جبت التلفون ورجعت عشان أتصور معاها ما لقيتهاش، طلعت فوق الخزان أكمل شغلي لقيتها واقعة جواه على وشها وما بتتحركش، طلَّعتها علطول فلقيت عينيها مفتوحة وشفايفها زرقة ومفيش نبض، كانت ميتة. بلغت مستر تامر، جه بص عليها وأكدلي إنها ماتت، وخلَّاني أزقها تاني في الخزان، وهو اللي أمرني أقفل عليها بالقفل، ووقَّف حراسة على الباب، وظبَّط الكاميرات، وقالي «لو نطقت بكلمة هالبِّسهالك».

لمست الصدق في صوته ونظراته وعَبَرَاته التي بدأت تجف بعد أن انتهى مخزونها لديه.

كدت أسأله عن مزيد من التفاصيل، لكن الطرقات على باب غرفة كاميرات المراقبة أوقفتني.

* * *

دخل رجل يصل رأسه بالكاد عند صدر قطز. كان عَطِر الرائحة، مهندم الهيئة، منمق الثياب، بهي الطلة كنجوم السينما، وحذاؤه يلمع كأنه لم يتعرض لغبار قَطُّ. من جيب بدلته باهظة الثمن تدلت بطاقة اسم نحاسية مكتوبًا عليها بالإنجليزية:

تامر داغر

مدير مناوب

فيما يتعلق بالقضايا الغامضة كهذه، يكون دائمًا السر في التوقيت والسحر في التفاصيل، وهذا ما وددت استخراجه من ذلك الفندقي اللبق الذي يُبقي راحةً فوق الأخرى وهو يتحدث بابتسامة ساحرة لا تليق مع ما نتهمه به:

ـ يا فندم إحنا أعلى براند في الشرق الأوسط. حِرفتنا هي راحة النزلاء. هل يُعقل إننا نخاطر بسُمعتنا دي ونئذي النزيل؟! ومش أي نزيل كمان، ده «public figure»!

ـ أستاذ داغر، أنا مقدَّر كل الإنجليزي اللي اتعلمته في حياتك، فيا ريت نحط كل الكلام الفندقي المتغلف

١٠١

بالسيلوفان ده على جنب، وندخل في الموضوع. مين اللي قتل سهر؟

ـ أنا متفهم إن ده شغلكم، وإن زي ما إحنا وظيفتنا راحة وضيافة الناس إنتو شغلتكم أمنهم، بس أستسمحك ما يكونش ده على حساب سُمعة الأوتيل.

ـ بمعنى؟

ـ بمعنى إن وفاة سهر هانم، الله يرحمها، ملهاش علاقة بإدارة الأوتيل.

تثاءبت فاركًا عينَي وأنا أعدِّد على أصابعي لذلك الأحمق المتعجرف الأسباب التي تدين فندقه:

ـ غرقت في خزان الفندق. اتلعب في اللقطات اللي ظهرت فيها في كاميرات مراقبة الفندق. فصلتوا كاميرات المراقبة من بعد وفاتها لمدة ساعة. ما بلغتوش عن وفاتها. قفلتوا الخزان على جثتها لأكتر من ٢٤ ساعة. لو كل ده ملوش علاقة بإدارة الفندق هيكون له علاقة بمين؟ أمي؟!

ضحك تامر داغر بسماجة، وأجاب بنبرة مرحة مزيفة:

ـ يا فندم والدة حضرتك فوق راسنا طبعًا، إحنا عندنا باكيدج هايل للأمهات يشمل جاكوزي و...

تبادلت أنا وقطز النظرات، ولم يكن أمام قطز إلا أن ينادي على أمين الشرطة الواقف على باب غرفة الكاميرات، بصوت أجش لا يستخدمه إلا لإرعاب المشتبه بهم:

ـ صيدناواااااي.

دخل الأمين الشاب ذو الكرش المترهلة:

ـ اؤمر يا قطزَ بيه.

ـ كلبشلي السَّمج ده واطلع بيه على القسم.

ـ أوامرك يا باشا.

ـ لأ، معلش.

قالها تامر معترضًا حين اقترب منه أمين الشرطة، وأكمل:

ـ ده بتهمة إيه؟!

ـ إنت بارد يَلَه؟

قالها قطز إله البرود نفسه، ثم أردف:

ـ ده إيه مية البليلة اللي إنت غرقان فيها دي؟! إنت مش مدرك وضعك؟ جريمة قتل وتلاعب بأدلة وعدم تعاون مع السُّلطات وكمان رشوة؟!

ـ رشوة؟!

ـ أيوه، مش بتقولي باكيدج لماما في الجاكوزي؟! أنا بقى هاغطسك في الجاكوزي الميري!

ـ يا فندم، أنا ما قتلتهاش!

ـ أومال لعبت في الكاميرات ليه؟!

ـ عندي أسبابي، بس القتل أو التستر على جريمة مش جزء منها. محدش قتل سهر، هي كانت واقفة على الخزان وجاتلها نوبة صرع فوقعت لوحدها. محدش كان موجود عشان يلحقها، ولما عطية بلغني كانت خلاص ماتت.

ـ فرد الفعل الطبيعي إنك تخبي جثتها في الخزان؟!

ـ ده رد الفعل الطبيعي لما نكون أول مرة «Fully booked» من ساعة السياحة ما اتضربت في الثورة. إحنا بقالنا خمس سنين مش عارفين ناخد قبضنا كامل. لأول مرة يكون عندنا تلات مؤتمرات وفرحين ورا بعض والأوتيل مليان على آخره. لو الخبر اتسرب، الناس كلها هتهرب من الأوتيل، والشرطة هتملا المكان وتفزع النُّزَلا زي ما حضراتكم عاملين دلوقتِ. من وقت ما البحث الجنائي وصل وأكتر من ٦٠٪ من النزلا عملوا «check out»، وكل نزيل بيمشي بياخد معاه رزق الشغالين هنا. سيبك من البدل والساعات اللي المديرين لابسينها، أنا تحت إيدي فوق السبعين عامل

نضافة وفني صيانة غير الجارسونات وأفراد الأمن اللي كل فرح وكل أوضة بتتحجز بتفرق في مرتبهم ونسبة الإشغال اللي بياخدوها آخر الشهر. عايزني أول ما الأوتيل بدأ يقف على رجله أقوم مديه مقص؟! هي خلاص كانت ماتت، وأنا كنت هابلغ أول ما الفرح يخلص. أكيد ما كنتش هاخلي جثتها في الخزان للأبد يعني، أنا مش مجنون!

ـ لا أبدًا، دا إنت سيد العاقلين، وأنا عيِّل بريالة والمفروض أصدق إنك عملت المصايب دي كلها لمجرد إنك ابن الأوتيل البار اللي بيغير على سُمعته!

ـ عندك حق، محدش يصدق إني ممكن أجازف بنفسي عشان الفندق اللي باشتغل فيه من وأنا عندي ستاشر سنة، بس نفس اللقطات اللي في كاميرات المراقبة اللي ممكن تديني، ممكن كمان تثبتلكم براءتي وإني مليش أي دخل بقتل سهر، الفيديوهات الأصلية على اللابتوب بتاعي و...

قاطعه مصطفى الذي لم يُنزل عينيه عن الشاشات ولم يرفع أصابعه عن لوحة المفاتيح ولم يتوقف عن مضغ علكته بصوت مقرف:

ـ مفيش داعي، أنا رجَّعت اللقطات كلها.

٭ ٭ ٭

لم يكذب أيٌّ من عطية أو تامر داغر كلب الفندق الوفي. في الفيديو الأصلي:

صعد عطية إلى أعلى الخزان، ثم تبعته سهر من الطاقة المفتوحة وهي تدخن سيجارة الحشيش، ولم تعد من الطاقة بل ظلت واقفة أسفل الخزانات.

نظر إليها عطية من أعلى مبتسمًا ابتسامة ساذجة، ثم نزل على سلم الخزان ليتجاذب معها أطراف الحديث وكأنه يطلب أن يتصور معها. يبحث في جيوبه فلا يجد هاتفه، فيطلب منها أن تنتظره، ثم يرحل متحمسًا عابرًا الطاقة ثم الغرفة ليتركها بمفردها.

تدهس سهر عقب سيجارة الحشيش، ثم تتأمل المكان، ثم تصعد سلم الخزان بمحض إرادتها، لكن بخطوات متعثرة، إلى أن تقف على قمته عند غطائه المفتوح.

تفتح سهر ذراعيها صارخة بحُرية، وكأنها طير محلِّق في السماء، ثم تُخرج من جيبها سيجارتها الإلكترونية وتأخذ منها نَفَسًا.

وفجأة، بعد أقل من عشر ثوانٍ، تسعل وتصاب باختناق عجيب، ثم تبدأ في التشنج بطريقة مريبة كالتي تظهر في أفلام الرعب للدلالة على أن جنيًّا تلبَّس البطلة.

تشعر سهر بالوهن بعد تلك النوبة، وكانت لا تزال تسعل وتختنق وترتجف وتهتز، حتى سقطت دون أن يلمسها أحد داخل خزان الماء العملاق.

بعد عشر دقائق، يعود عطية ومعه هاتفه، ويبحث عن سهر أسفل الخزانات فلا يجدها، فيصعد إلى أعلى الخزان لِيُكمل عمله، ويتفاجأ بجثتها داخل الخزان، فينتشلها ثم يُبلغ أحدهم عبر الهاتف، ثم يحاول إنعاش قلبها ويجس نبضها وهو يلطم خديه بطريقة هستيرية.

يأتي تامر مذعورًا، ويصعد سلم الخزان، ثم يتماسك آمرًا عطية بوضوح أن يعيدها إلى الخزان، ثم يغلق عطية الغطاء بالقفل، ثم ينزلان ويخرجان معًا، وباقي المشاهد هي لمنطقة الخزانات الخالية.

* * *

خرجنا من غرفة مراقبة الكاميرات بعد أن أرسلنا عطية وتامر إلى القسم لاستكمال التحقيقات وأخذ أقوالهما قبل تحويلهما إلى النيابة بعد أن تطابقت بصماتهما مع البصمات التي فوق الخزان.

تمشينا في الطرقة المفضية إلى بهو الفندق حيث مكتب الاستقبال، فقال لي قطز:

ـ كده مش قضية قتل. سهر فعلًا عندها صرع.

ـ اللي شُفناه ده ما كانش نوبة صرع!

طلبت من موظفة استقبال الفندق النحيلة بنبرة متعجلة:

ـ عايز مفتاح أوضة سهر. مباحث.

ـ حاضر.

ضغطت بعض الأحرف على الحاسوب على مضض، ثم بدأت تبحث في درج بجوارها عن المفتاح الممغنط.

ـ أومال إيه؟ «overdose»؟

أعطتني الموظفة مفتاح الغرفة، بينما أجبت قطز بثقة مطلقة:

ـ دي أعراض تسمُّم!

٦

حين تطوف بسيارتك على عشرة ميكانيكية لإصلاحها، تصير خبيرًا في ميكانيكا السيارات. وحين تستلم شقة على الطوب الأحمر وتُهيئها وتؤسسها من الصفر، تصبح عالمًا بالتشطيبات. وحين تكاد تفقد حياتك بسبب ساندويتشات مربى توت مسممة، وتكابد كل أعراض التسمم المرعبة وحدك، ثم تنجو بمعجزة، فلا شك أنك تصير إخصائيًا أريبًا وجهبذًا في كل ما يخص السموم.

احتاج الأمر إلى بضع ثوانٍ من التركيز كي أتوصل إلى أن سهر سُمِّمت، ولحظّها العَثِر كانت فوق ذلك الخزان فهوت بداخله، وأكاد أجزم أن تقرير الطب الشرعي سيعلن عن كون الوفاة نتجت عن سم ما يصيب الجهاز العصبي، وليس الغرق.

لكن الأسئلة الأهم هي: مَن سمَّمها؟ وكيف؟ ولِمَ؟

هذا ما ستجيب عنه سهر بنفسها.

صممت أن يبقى قطز في البهو، بينما صعدت بمفردي إلى غرفة سهر التي أثق أنني سأجدها في داخلها. وبالفعل كان تخميني صحيحًا.

* * *

كانت سهر تخطو في الغرفة جيئة وذهابًا، من الشرفة حتى الباب، وهي تحدث نفسها بهستيريا: «ده مش حقيقي! دي «bad trip»! أنا باحلم. أنا مش ميتة. أنا باحلم».

صفعت نفسها عدة مرات لتفيق، وأنا أقف مستندًا إلى الدولاب.

كان رجال البحث الجنائي قد مشطوا الغرفة كلها، وتأكدوا أنها لا ينقصها شيء، بل إن هاتف سهر كان محشورًا بين الفراش وخشب السرير، ولم تصعد به إلى السطح من الأصل، لكن المخدرات جعلتها تغفل عنه.

ـ أنا فاهم توتُّرِك، بس...

ـ لأ. لأ. لأ. بطلوا تلعبوا معايا لعبة «أنا فاهم إنتِ بتمري بإيه». محدش فاهم حاجة!

ضحكت ساخرة:

ـ أنا بقالي سنة كاملة عندي ميول انتحارية، في ست شهور بس حاولت أنتحر مرتين. بعدها اشتغلت على نفسي ودكتوري ساعدني وتابعت مع لايف كوتش وحياتي كلها بقت تأمُّل وأكل صحي ورياضة وأسلوب إيجابي. وأول ما بدأت أتحسن أموت كده؟! طب ليه؟! ليه كل المجهود ده من الأول ما دمت كده كده هاموت؟!

قالتها صارخة بنبرة ثقيلة كادت تصم أذنَي بعد أن نزلت عليَّ كجلمود صخر.

اتجهت ناحية الشرفة لأتنفس بعض الهواء، وجلست سهر على سريرها تبكي حالها وترثي موتها.

ـ كنتِ عايزة تنتحري ليه؟

ـ ما كنتش قادرة أكمِّل من غيره. أنا اللي كنت سايقة. المفروض أنا اللي أموت مش هو!

من نظرتها إلى الدبلة في يدها اليمنى، فهمت أنها تقصد خطيبها.

كنت قد سمعت ذلك الخبر منذ فترة، أتذكَّر يومها أن سهر غيَّرت صورتها على مواقع التواصل الاجتماعي، ولم أرَ لها أي صور جديدة بعد ذلك، فقط صور قديمة وبعض الحِكم والمقولات الإيجابية التي تضعها على حساباتها باستمرار.

التفت إليها قائلًا بأسى:

ـ أنا آسف!

ـ على موتي، ولَّا على موته؟

ـ على موته وعلى قتلك!

ـ قتلي؟! بس أنا ما اتقتلتش! هم قالوا إني كنت شاربة فوقعت و...

ـ إنتِ عندك صرع؟

ـ لأ.

ـ يبقى اللي أنا شُفته في الفيديو ده أعراض تسمم. عايزك تفتكري بالتفصيل كل حاجة حصلتلك في اليوم ده، كل اللي أكلتيه وشربتيه.

ـ أنا ما أكلتش حاجة طول اليوم. مفيش غير الفودكا اللي شربتها في البار، وسيجارة الحشيش اللي دخنتها على الرووف.

ـ حد كان جانبك وإنتِ بتشربي في البار؟

ـ أيوه، بس لو حد حطلي حاجة كنت هاحس إن طعم الدرينك اتغير.

ـ مش كل السموم ليها طعم. حسيتِ بأي تعب طول اليوم أو اليوم اللي قبله؟

ـ ما حسيتش بحاجة غير وأنا فوق التانك، بعد ما خلصت سيجارة الحشيش، وبدأت أدخن من الفيب عشان أغيَّر طعم الحشيش. حسيت إن ضغطي عِلي، وكان عندي شعور غريب؛ كإني فاقدة الوعي، بس برضو واعية لكل وجع بالتفصيل، كنت صاحية بس مشلولة، جسمي كله بينتفض وبيتشنج، وباعافر عشان أتنفس.

كانت سهر تسترسل في الحديث، بينما سرحت لبرهة، لقد مررت بتلك التفاصيل المرعبة، ورُحت أستعيدها: النفضة، التشنج، تشوش الرؤية، تداخل الأصوات، الروح تعافر لتظل في الجسد، لكن ملك الموت يناجيها ويجذبها نحوه كالمغناطيس.

تهت عن كلام سهر، وانغمست في تجربتي الشخصية مع السم، ولم ينتشلني من ذلك التيه سوى رنة هاتفي باسم قطز، فكتمت الصوت بينما سهر تقول:

ـ فبلَّغت في قسم قصر النيل.

ـ بلغتِ عن إيه؟ معلش عيدي تاني.

ـ باقولك لو أنا فعلًا اتسممت فأنا شاكة في حد، في واحدة

بقالها أسبوع بتبعتلي رسايل تهديد من رقم برايفت،
فرُحت بلغت في قسم قصر النيل، واللي عملي المحضر
ظابط كده بشنب غريب كان لابس قميص بيلمع.

حسبي الله ونعم الوكيل!

ـ اسمه صلاح الشُّبكي؟

ـ أيوه، لكن ما فادنيش بحاجة، كل شوية يتصل بيَّ
يستظرف وبس!

ـ أنا هاجيبلك قرار الموضوع ده. بس إيه اللي خلاكِ واثقة
إن اللي بعتتلك الرسايل دي سِت مش راجل؟

ـ عشان كل الكلام بيدل على إنها ست غيرانة على جوزها
مني. مع إني أقسم بالله مفيش أي حد في حياتي. هو
النمط الغبي بتاع الرقاصة خطَّافة الرجالة! بس لو
الشخصية دي هي اللي سممتني يبقى أكيد كانت قدامي
أو قريبة مني وأنا شُفتها إمبارح.

ـ مش لازم، ممكن السم يبقى طويل المفعول، وتكوني
شُفتِ الشخصية دي من فترة أطول.

ـ بس أنا بقالي فترة ما باخرجش، وحتى باكل بالعافية.
مش فاكرة إني أكلت بره خالص، وما اشتريتش أي
حاجة غير «liquid» الفيب بتاعي، بس ده مش أكل ولا

شُرب عشان أتسمم منه يعني، هو صحيح ريحته وطعمه كانوا غريبين جدًّا...

ـ غريبين إزاي؟!

ـ أنا المفروض جايباه بطعم الكراميل، بس كانت ريحته عاملة كده زي... مش عارفة أوصفهالك إزاي، كانت عاملة زي ريحة «اللُّوز المُر»!

* * *

للحظة نسيت، هل نحن في الفندق للتحقيق في جريمة قتل راقصة شهيرة، أم لكي يحظى قطز بإفطار إنتركونتينتال فاخر؟

كان جالسًا على طاولة في مطعم بهو الفندق، وأمامه طبق عملاق من سلطة الفاكهة، وكان يفرد النوتيلا على التوست المحمص، ويحتسي قدحًا ضخمًا من الكاكاو، ويقرأ إحدى روايات آسيا خضر التي وقَّعتها له بالأمس وأضافت أسفل توقيعها رقمها الخاص.

اقتربت من طاولته وأنا أنهي محاولة فاشلة أخرى لمهاتفة دليلة التي تأبى أن تجيب على مكالماتي أو رسائلي، وجلست على الكرسي المقابل له ملقيًا بهاتفي بعصبية، وسحبت قطعة خبز لأدهنها بالزبدة، بينما علَّق قطز دون

أن ينزل عينيه عن الرواية ذات الغلاف المرسوم عليه قناع واقٍ كأقنعة الجراحين، وكان اسم الرواية معقدًا لم أستطع قراءته.

ـ لو هتاكل هتدفع النص. حتتين التوست دول تمنهم يساوي ٣٠٪ من مرتبي.

رفع عينيه عن الرواية، ثم علَّق:

ـ وعلى فكرة، عندهم مربى توت.

رمقته بضيق، فأردف موضحًا:

ـ ما إنت لازم تخلص من فوبيا السموم اللي جاتلك دي!

ألقيت الخبز والسكين بعصبية، وهممت أن أنهض، لكن قطز استوقفني قائلًا:

ـ اهدا واقعد. أنا باتكلم عشان مصلحتك. من ساعة اللي فتون عملته وإنت تفكيرك كله بقى في السموم وبس.

ـ لما تتسمم من أقرب الناس ليك ابقى وريني هتتعامل إزاي.

ـ أكيد هاتأثر. وأنا فعلًا متأثر لدرجة إني بقالي يومين باحلم بفتون إنها بتحاول تسممنا إحنا الاتنين بشكل واقعي لدرجة إني باصحى حاسس إني فعلًا اتسممت...

حدقت به مرتبكًا. الأبله لا يعلم أن من تزوره في الأحلام هي حقًا روح فتون، فللأرواح سيطرة كاملة على أحلامنا، ويمكنها إيهامنا بما تريده دون مجهود.

ـ بس ما ينفعش ده يأثر على شغلك!

ـ يعني إيه يأثر على شغلي؟

ـ يعني دي تاني قضية تقول الميت مات مسموم، والموضوع يطلع ملوش علاقة بالسموم.

ـ مش معنى إنها جلِّت مني مرة يبقى أنا ما بافهمش حاجة!

ـ حسني قالي إن التقرير المبدئي بيأكد إن جسمها مفيهوش سموم غير الخمرة والحشيش اللي ضربته، وإن سبب الوفاة سكتة قلبية.

ـ يعني إيه؟! إحنا شُفنا الـ...

ـ يعني قضاء وقدر. القضية خلصت.

ـ بس إحنا شُفنا التشنجات اللي جاتلها. محدش بتجيله نوبات تشنج من النوع ده قبل السكتة القلبية!

ـ باقولك ما لقيوش أثر لأي سموم في جسمها يا نوح!

صمت للحظة أستجمع فيها أفكاري، كل ما روته لي سهر يؤكد أنها حالة تسمم، لقد كانت تدخن الفيب، وفجأة...

لحظة! كانت تدخن ثم حدث هذا كله!

ـ فحصوا السائل بتاع الفيب؟

ـ إشمعنى؟

ـ هي ما جاتلهاش نوبات التشنج وأعراض التسمم دي غير لما دخنت من الفيب. سائل الفيب كان لسه جديد، ودي أول مرة تستخدمه حسب كلامها، يعني السم كان فيه.

لم يعلِّق، وأكمل مضغ طعامه، ثم احتسى شرابه ببرود، فسألته بغيظ:

ـ ما تقوليش إنك شايف إن الموضوع طبيعي ومش مريب يا قطز، وأنا اللي دماغي بتهرشني. سهر كان بيتبعتلها رسايل تهديد من رقم برايفت.

ـ عارف.

قالها وهو يسحب ملفًّا كان على قاعدة الكرسي المجاور له، ووضعه أمامي قائلًا:

ـ تقرير الاتصالات جالي من عشر دقايق لما كلمتك. اتبعتلها كذا رسالة تهديد ورا بعض، آخرهم قبل موتها بساعتين. الرسايل كلها «ابعدي عن جوزي»،

«ما تكلميش جوزي»، «كنتِ بتعملي إيه عند جوزي»... وشغل نسوان في بعض.

فكرت جديًا: هل سكين الزبدة حاد بما يكفي ليخترق قلب قطز إذا طعنته به الآن؟

لا فائدة من تنبيهه إلى ضرورة ترك الكاكاو المستورد وقطع التوست بالنوتيلا، والتشاور مع هيئة الاتصالات حول ضرورة معرفة هوية صاحب الرقم المحجوب.

ـ مع احترامي للنسكويك، ينفع تعرفلنا صاحب الرقم ده لحد ما نقابل صلاح.

ـ صلاح؟!

ـ سهر قدمت بلاغ بخصوصِ الرسايل دي، وصلاح هو اللي حقق فيه. عايزك تروح تشوفه هبب فيه إيه.

ـ نوح، أنا داخل على علاقة جديدة، فابعد عني صلاح دلوقتِ تجنبًا لأي فقع مرارة.

زفرت بضيق، وسحبت مفاتيحي والملف ونهضت، لأجد قطز يقول وفتات الخبز يتناثر من فمه:

ـ طب استنى آخد باقي الأكل تيك آواي.

* * *

توجهت إلى مكتب الرائد صلاح الشُّبكي في القسم، فسمعت ضحكته البربرية تملأ الممر.

وددت أن أركل الباب كما يفعل معنا، لكني قررت أن أسمو بأفعالي عن دناءته، وطرقت الباب ليجيب بصوته المبحوح من المعسل المغشوش:

ـ استني يا مُزة. خش يا ابني!

فتحت الباب لتقابلني رائحة تركيبة عطر صلاح، المختلطة بعبق جل «جلجلة» الذي يدهن به شعره، وشاربه الذي انتهت صلاحيته منذ الحملة الفرنسية، وكل ما سبق يمتزج ببصل وصلصة علبة الكشري العملاقة التي يلتهمها على الفطور.

إذا كان فطوره كشري، فما غداؤه؟! تنين مشوي؟!

كان يرتدي قميصًا لونه برتقالي فاقع يتماشى مع هذه الرائحة المؤذية، لكنه ليس أفقع من شخصيته اللزجة التي ازدادت سخافةً بعد أن تأخرت ترقيته وترقيت أنا وقطز وصرنا في نفس رتبته.

كان يهاتف إحدى عشيقاته الثلاث، وبدا مُقرفًا وهو يُسَلِّك بصل الكشري العالق بين ضروسه بظفرُه الطويل، وشاربه تقطر منه الصلصة بينما يضحك برنة تشبه نباح الكلاب:

ـ عشا إيه اللي أعزمك عليه يا سماح! أنا مش لسه شاحنلك بخمسين جنيه؟

شعرت بكَرشة نفس، لن أبقى لأسمع مغامرات صلاح العاطفية مع كروت الشحن، فأشرت إليه أن أخرج، لكنه قال لي:

ـ خش يا عم.

عاد للحديث مع سماح:

ـ يا بت لأ، ده النقيب لمونة اللي قلتلك عليه قبل كده، ما شاء الله كِبر دلوقتِ وبقى رائد. الكوسة ما خلتش يا سماح!

كم بدت فتاحة الأظرف مغرية لغرسها في عنقه الآن!

زفرت وأنا أفرك عينَي، وقلت في محاولة مستميتة لئلا يتسرب حنقي إليه:

ـ ما هو يا تسيبني أخرج أكمل شغلي، يا تقفل وتنجزني!

ـ شهيق وزفير وهدي أعصابك يا أخويا أحسن تتفتئ.

قالها السخيف وهو ينهي مكالمته مع عشيقته، ثم عاد لالتهام الكشري، وقال وحبات العدس تتدحرج من جانبي فم الحوت ذي الشارب الكث:

ـ ارغي.

ـ وصلت لحاجة في حوار سهر؟

ـ سهر مين؟

ـ ما تنجز يا صلاح، هي البلد فيها كام عندها حوار
يخصك يعني؟! سهر الرقاصة اللي بلغت عن رقم
بيبعتلها رسايل تهديد!

ـ وإنت مالك بشغلي يا لمونة؟

لن أهبه فرصة لإثارة غضبي.

أخذت نفسًا عميقًا كي لا أطعنه بملعقة الكشري التي يأكل
بها، وأجبت بابتسامة باردة:

ـ عايز أتعلم منك يا صلاح بيه. إنت ليك الأقدمية برضو.

ـ إمممم.

التهم آخر ملعقة في علبة الكشري، وانجعص في مقعده
كذكر ذبابة الفاكهة في موسم التزاوج، رافعًا ساقيه على
المكتب، واضعًا حذاءه الذي صنعه خيرة شباب الموسكي
في وجهي، وقال بعدما تجشأ:

ـ شوف يا ابني، الناس فاكرة إن الظابط مننا خشن وحياته
ميري وما يفهمش في صنف الحريم، بس العبد لله بقى

داير ولافف ويهرش الحُرمة من بصة. سهر دي لا حد بعتلها رسايل ولا هددها ولا نيلة، هي بس بلكونة شقتها بتطل على الجراج اللي ورا القسم، فلمحتني باركن «الدايو» الرمادي ولابس الحتة «الريبان» والقميص الأحمر إياه، عارفه؟

وددت أن أخبره أن وكالة ناسا نفسها تعرفه لأنه يُمكن رؤية انعكاس لمعته من فوق سطح المريخ، لكني هززت رأسي مؤكدًا بلا تعليق، فأردف بابتسامة تُظهِر حشو عصب ضروسه:

ـ شافتني قالتلك «بس، السَّبع ده سبعي».

ـ سهر قالتلك السَّبع ده سبعي؟!

ـ في عقل بالها يعني يا لمونة، وسع خيالك أومال. قالت تتحجج بحكاية تلاغيني بيها، فما لقيتش غير القصة الخايبة بتاعة الرسايل دي، وكل شوية ترنلي على الزيرو حداشر تسألني وصلت لإيه في التحقيق، طب أعدي عليكم؟ طب مش عارف إيه.

ـ يعني تقرير جهاز الاتصالات ما وضحلكش الرقم اللي بيبعت الرسايل؟

ـ التقرير متلقح في حتة هنا.

قالها مشيرًا إلى ما ظننته مكب نفايات يحيط مكتبه من كل جانب، ولكن اتضح أن هذه ملفات قضاياه، ثم أكمل:

ـ بس من غير ما أبص فيه، هي عينها مني.

ـ صلاح! معلش بس عشان أجمَّع، إنت التقرير جالك وما عندكش فكرة فيه إيه؟

ـ يا عم ما أنا قلتلك، هي بتتلكك عشان أمشي معاها.

رن هاتفه برقم ٠١١. أظن شركة الاتصالات تود أن تسب له كل الملل لأنه تأخر عن دفع الفاتورة، لكنه أخذ الهاتف سريعًا حين لمحني أنظر إلى شاشته قائلًا بابتسامة خبيثة:

ـ عينك. عارفك. إنت عايز تشقط رقمها!

ـ رقم مين؟

ـ رقم اللي جايبين في سيرتها. يا ريتنا كنا قلنا مليون جنيه.

رد الأحمق دون أن يدرك أنني انتبهت إلى رقم المتصل، وراح يمثِّل أنه يتحدث مع سهر:

ـ أيوه يا حبي.

غمز لي وكأنه دون جوان عصره:

ـ والله مشاغل، إنتِ فاهمة رجالة الداخلية عيون لا تنام. كله عشان راحتك يا قلبي. يا بنتي الله يحرقك أحترمي

نفسك، قلتلك إني مرتبط، وبعدين أنا برج الأسد، والأسد دائمًا مُخلص لنتايته.

ـ صلاح!

أشار لي أن أصمت، وهو يكمل مسرحيته التي كانت استراحة كوميدية مريبة في يومي المشؤوم، لكني صممت أن أقاطعه:

ـ صلاح! سهر ماتت إمبارح!

وكأن سحابة سوداء خيمت على وجهه، فتوقف عن الحديث في الهاتف، ثم نظر في الشاشة قائلًا:

ـ يا دي الخيبة! تصدق اللي بتتكلم دي كانت سحر مش سهر، إنت عارف بقى الإنجليزي مفيهوش حرف الحاء، فالاسمين نفس الإزبيلينج، سي، إيه، إتش، آر.

ـ سي؟! قشطة، عامةً سهر ماتت مسمومة إمبارح، وأنا كنت جاي آخد منك ملف وتقارير رسايل التهديد اللي جاتلها.

ـ يا حلولي! أنا أشتغل وأتعب ويطلع عيني مع بتوع الاتصالات وإنت تاخد الهدية ملفوفة؟!

ـ تتعب إيه صلاح؟! إنت ما بصيتش حتى في التقرير!

ـ مش قضيتنا. أنا ما أحبش حد ينط على شغلي يا لمونة!

ـ يا سيدي ولا تزعل نفسك، هاحول قضية القتل عليك

وإنت حقق فيها، كده كده سهر لجأتلك إنت من الأول فإنت أولى بالقضية المعقدة دي.

ـ خد هنا، استنى!

نهض قائلًا حين رآني أستدير لأخرج:

ـ عدي عليَّ كمان ساعة إنت ولَّا أخوك الرائد نسكويك، أكون جمعتلك الملف. إحنا برضو أسرة واحدة ولازم نساعد بعض. ابقوا عِدوا الجمايل، ياكش يطمر.

* * *

فكرت جديًا أن أعود إلى البيت كي أستحم وأتخلص من رائحة مكتب صلاح التي علقت بأنفي وملابسي، لكن العسكري استوقفني:

ـ نوح بيه، الأساتذة في انتظارك.

قالها وهو يعطيني بطاقة شخصية تحمل اسم دينا عامر سيد البغل، ومهنتها مديرة موارد بشرية، وجواز سفر أمريكيًا أزرق به صورة رجل أشقر اسمه حسين منير عزيز شلتوت، ومهنته طبيب نفسي.

ـ مين دول؟

ـ أخت القتيلة سهر وجوزها.

٧

أدخل العسكري دينا عامر وحسين شلتوت إلى مكتبي، فأشرت لهما بالجلوس على المقعدين المقابلين لمكتبي.

كان حسين شلتوت رجلًا رياضي البدن أشقر الملامح، يبدو في منتصف الثلاثينيات، بينما دينا تصغره ببضعة أعوام، وكانت هي جميلة كأختها المرحومة، مما يؤكد أن الحُسن وراثة في تلك العائلة، لكنها بدت مضطربة، عيناها اصطبغتا بحمرة من فرط البكاء، وقدماها لا تتوقفان عن الاهتزاز بشكل أثار أعصابي أنا شخصيًّا.

ـ البقاء لله. شدوا حيلكم.

ـ ونِعمَ بالله.

قالتها دينا وعيناها تمتلئان بالدموع، بينما ربت حسين على يد زوجته ثم وجَّه إليَّ الحديث:

١٢٧

ـ إحنا لما سمعنا إنها انتحرت أ...

ـ ومين قالك إنها انتحرت؟

قلتها متسائلًا، فأجاب موضحًا:

ـ سهر حالتها النفسية كانت سيئة جدًّا بعد وفاة خطيبها، وكان عندها اكتئاب حاد وميول انتحارية.

ـ بس اللي أعرفه إن حالتها النفسية كانت اتحسنت في الفترة الأخيرة.

ـ ومين ادى لحضرتك المعلومة دي؟

ـ حضرتك بتتكلم مع ظابط مباحث، يعني المعلومات كلها بتصب عندنا.

ـ عظيم! يعني أكيد وصلتلكم معلومة إن سهر حاولت الانتحار مرتين خلال الست شهور اللي فاتوا.

ـ يعني إنتو مقتنعين إنها منتحرة؟ مش مقتولة مثلًا؟

ـ تقصد إيه؟ فيه أي شبهة جنائية في موتها؟

انهارت دينا، وأخذت ترتعش باكية وهي تقول:

ـ حلم بابا اتحقق! سهر ماتت غرقانة وأنا هاموت مخنوقة!

ظللت أراقب بكاءها في صمت، ونظرات حسين الباردة

إليها وهو يطمئنها بالإنجليزية، ويدحض نظرية تحقق أحلام أبيها، ويؤكد أن غرق سهر كان مصادفة لا أكثر.

قطعت مشهدهما الرومانسي الرتيب قائلًا:

ـ دكتور حِسين هو...

ـ من فضلك حُسَين مش حِسين!

يكترث الأبله بتشكيل اسمه وكأني أحدث الزمخشري، بينما يعجز عن إكمال جملة واحدة بالعربية دون أن يدس فيها لكنته الأمريكية السخيفة ومفرداته الإنجليزية الركيكة.

ـ أيًّا كان. حضرتك والمدام جايين القسم عشان تقنعوني إن سهر انتحرت؟

ـ لأ طبعًا. إحنا جايين نعرف اللي حصل و...

دخل قطز مقاطعًا تبريرات حسين، وفي إحدى يديه باقي الطعام الذي ابتاعه من الفندق، وفي اليد الأخرى ملفات يتفحصها ولا يرفع عنها نظره، ولم يلاحظ وجود الضيفين في مكتبنا، فقال:

ـ أنا جِبت الرقم البرايفت اللي كان بيبعتلها الرسايل، والشباب هيبعتولنا بطاقة صاحبه دلوقتِ. بس إحنا ممكن ننجز ونطلب الرقم و...

أنزل الملف رافعًا نظره ليرى الضيفين اللذين حلَّا علينا، وتوقف عن الكلام، بينما علقتُ أنا بثقة مبعثها خبراتي المتراكمة من التحقيق مع الجبناء الذين يندى جبينهم بالذنب، وتشي نظراتهم المرتعشة بخطئهم، حتى تصبح كل حركة وكلمة والتفاتة منهم بالنسبة لي اعترافًا معلنًا بجرمهم:

ـ مفيش داعي نكلمه.

التفتُّ إلى دينا التي بدت مرتبكة بعد المعلومة التي أدلى بها قطز، وقد نظرت إلى حسين مشتتة، فسألتها بثبات:

ـ مدام دينا، إنتِ ليه بعتِ رسايل تهديد لأختك من رقم برايفت قبل موتها بساعتين؟!

انهارت دينا مجددًا وهي تقول باكية:

ـ أنا ما كنتش...

ـ هششش.

أسكتها حسين ممسكًا بيدها قائلًا لها بغطرسة:

ـ ما ترديش على أي حاجة غير لما يكون فيه استجواب رسمي وأدلة ومحامي، أوكيه؟ يلَّا بينا؟

ودون أن ينبس ببنت شفة أخرى، أخذ زوجته المنهارة

من يدها ثم خرج من غرفة المكتب، بلا أي اهتمام أو احترام لوجودنا.

* * *

اقترب قطز مغتاظًا، وجلس على الكرسي المقابل لمكتبي، وأزاح جميع ملفاتي جانبًا، ثم وضع علبة الطعام قائلًا:

ـ تصدَّق، أنا هاطلَع أمر تفتيش لبيته وهاقلبه حتة حتة لحد ما يبقى شبه الزريبة، مش شكًّا فيه، لكن عشان سماجة أهله دي!

ـ هنجيبه، بس اتكى ع الصبر.

ـ جبتلك شوية معلومات. سهر ده طلع اسم الشهرة، اسمها الحقيقي عِرة جدًّا، سهير عامر سيد البغل، أبوها يبقى...

ـ عامر البغل، صاحب أكبر مصنع مبيدات حشرية في مصر.

ـ كنت باحب إعلاناته زمان، فاكر كانوا بيجيبوا راجل بفانلة وبنطلون بيجامة كستور بيرش المبيد على صرصار بيفلفص في البلاعة، وهو بيقول...

بدأ قطز يرقص رقصة بلهاء، وهو يقلد صوت الرجل:

ـ بدل ما تهشه رشه. بدل ما تهشه رشه.

ـ يا فرحة أمك بهطلك!

١٣١

فتح علبة الطعام مخرجًا بقاياه، ووضع أمامي بعض الفاكهة والتوست وبرطمان مربى فراولة متناهي الصغر ومكعب زبدة، وقال:

ـ بمناسبة الأمهات، أمها طلعت المذيعة المشهورة أم باروكة بتنجاني دي، اسمها حاجة الشماع.

ـ غادة الشماع. واخد بالك الموضوع مفسر نفسه إزاي؟

أخذت قطعة أناناس ومضغتها على مهل، بينما سألني وفتات الخبز يتناثر من فمه:

ـ مفسر نفسه من أنهي اتجاه؟

ـ سهر بنت صاحب أكبر وأشهر مصنع مبيدات حشرية من التمانينيات، بينها وبين أختها عداوة، أختها بعتتلها رسالة تهديد قبل ما تتسمم بساعتين، يعني دينا عندها منفذ سهل للسم و...

ـ تاني هتقولي سم؟! يعني تقرير الطب الشرعي ملعوب فيه مثلًا!

ـ أنا ما قلتش كده. بس التقرير المبدئي ممكن يبقى غلط.

ـ هامشي معاك. هتقتل أختها ليه؟ عشان شاكة إن فيه حاجة بينها وبين جوزها؟!

ـ وهما الستات عندهم دافع غير الغيرة؟ وبعدين السم ده طريقة قتل حريمي. أنا واثق إن دينا هي اللي عملتها، بدليل إنها جاية مع جوزها تجس النبض وتشوف إحنا شاكين فيها ولَّا لأ.

ـ يا ابني دي دراما فارغة! حتى لو فعلًا سهر اتسممت فمش هتبقى دينا اللي عملتها. الدافع مش هيبقى بالتفاهة دي. فين البُعد الدرامي؟

ـ البُعد الدرامي ده في الروايات الدحلابة اللي حبيبتك آسيا بتكتبها، إنما في الواقع وبالذات في مصر الدوافع أتفه مما تتخيل.

نهضت ملتقطًا مفاتيحي وطبق الطعام الذي وضعه قطز أمامي، وقلت:

ـ طب أنا هاعمل شوية تحريات، وإنت خلصلنا أمر التفتيش. مش عايزين القضية دي تطول معانا.

✳ ✳ ✳

كانت وجهتي قصر عامر البغل في التجمع الخامس، لكني وجدت قلبي يقودني إلى دار الأوبرا المصرية في الزمالك القريبة.

أعلم أن دليلة لديها بروفة الآن، وبما أنها تتجاهل كل مكالماتي ورسائلي، فلا مفر من المواجهة كي ننهي هذا الخصام الذي لا قدرة لي على تحمله.

وهكذا، عوضًا عن الذهاب للتحقيق في قضية تسمم معقدة، وجدتني أتجول في طرقات الأوبرا حاملًا باقة من الورد البلدي الأحمر، باحثًا عن القاعة التي من المفترض أن أجد فيها حبيبتي الغاضبة.

ـ دليلة بتحب التوليب مش الورد البلدي.

قالها ثاني أكثر صوت أمقته بعد صوت صلاح الشُّبكي.

التفت لأجد جليلة تقف خلفي، مرتدية ثوب شخصية أوفيليا التي تلعبها في مسرحية «هاملت»، وأنا كالأحمق نسيت أن لديها تدريبًا في نفس توقيت بروفة دليلة.

اقتربت مني قائلة بنبرتها السَّمجة وملامحها الباردة:

ـ بقالك شهور مصاحبها، ولسه مش عارف هي بتحب إيه؟

ـ بعد كده هابقى أتصل بمعاليكي أستشيرك قبل ما أجيبلها هدية!

ـ أو ممكن تقصر الطريق على نفسك وما تنكدش عليها من الأول!

ـ أنا ما نكدتش على دليلة، إحنا...

ـ فعلًا؟ أومال مين اللي لطعها ساعتين لوحدها في الأوتيل لدرجة إن كريم الزفت أشفق عليها وعرض يروَّحها بدل ما هي لوحدها كده؟ عارف دليلة عملت إيه؟ لطشته قلم، وقالتله أنا مرتبطة بواحد باحبه وإياك تقربلي تاني! إنت بقى عملت إيه؟

ـ جليلة، أنا...

ـ ليلو!

قالتها بنبرة آمرة حادة أخرستني، ثم أردفت:

ـ بدل ما تبقى موجود معاها في لحظة سخيفة زي دي، اتقمصت واستخبيت زي العيال! وبدل ما تصالحها في ليلتها سبتها تنام معيطة! ودلوقتِ جاي تِلم الليلة ببوكيه ورد معفن؟!

ـ أنا كل ده ساكتلك عشان...

ـ وأنا ساكتالك برضو عشان كنت باشوف أختي راجعة من كل خروجة معاك مبسوطة، بس أنا مش هاسمح لأي راجل تاني يجرح قلبها زي ما كريم عمل فيها! ورحمة بابي لو أختي عينها بس دمعت تاني بسببك

لهتشوف مني اللي ما شُفتوش حتى من المجرمين اللي بتقبض عليهم!

ـ طب ابلعي ريقك كده واهدي عشان اللي بيني وبين أختك ما يخصكيش!

ـ إنت سامع نفسك؟! دي أختي الكبيرة، إنت مجرد واحد عرفها من كام شهر، فاكر نفسك هتحبها ولَّا هتخاف عليها أكتر مني؟!

ـ أنا مش في منافسة معاكي. أنا أصلًا مش فاهم إنتِ بتكرهيني أوي كده ليه!

ـ أنا مش باكرهك، أنا قرفانة من وجودك في حياتنا! إنت بتحاول تلبس بدلة واسعة عُليك! بتتقرب من مامي ومن دليلة وعامل فيها راجل البيت اللي إنت ما تجيش في رُبع حنيته ولَّا ذكائه، ومستموت عشان تاخد دوره! عمر ما حد هيقدر ياخد دور بابي ولا يملا مكانه، خصوصًا لو الحد ده واحد أناني زيك!

تظل تكره الجميع حتى تفهمهم!

لم أتخيل أن هذه هي الزاوية التي تراني منها جليلة، الزاوية التي طالما راقبتُ منها زوجَ أمي! ذلك الرجل الذي غزا بيتي واحتل مكانة أبي وارتدى عباءة لا تليق به!

تحوَّل كل الغضب الذي سيطرتُ عليه بصعوبة في أثناء حديثي مع جليلة إلى تعاطف؛ أنا أفهمها أكثر مما تظن، وأشعر بها أكثر مما تتخيل!

ـ ابعد عن أختي يا نوح، إنت مش هتسعدها و...

ـ أنا كان عندي تسع سنين لما بابا استشهد وهو بيطارد عصابة من تجار المخدرات. موته كان مفاجئ ومفجع زي موت باباكِ كده. بعدها بسنتين ماما اتجوزت، ووقتها حسيت ناحية جوزها بكل اللي إنتِ حاساه ناحيتي دلوقتِ ويمكن أضعاف مضاعفة. رفضت وجوده في حياتنا بكل شكل، بس هي اتمسكت بيه، ولحد النهارده وبعد سبعتاشر سنة من جوازها منه، لسه لا قادر أسامحها ولا قادر أتقبل الراجل ده!

خَفتَ الغضب في عينيها، وسمحت لنفسها أن تنصت إليَّ ولو لبرهة، لكنها علقت مكابرة:

ـ إيه علاقة ده بيك إنت ودليلة؟

ـ علاقته إني مش باحاول أسد خانة أبوكِ اللي أكيد مش هاقدر أملاها. أنا باحاول أسد احتياجي أنا للأسرة! أنا اتحرمت من أبويا وأمي! أنا ما كانش ليَّ غير نادية وتيتة! فلما بتعزموني عندكم على الغدا باحس إن عندي أسرة! أنا مش عايز أبقى

أبوكِ يا ليلو، أنا عايزكم إنتم اللي تبقوا أسرتي، ولو ده شيء بيزعجك فأنا آسف، بس أنا حقيقي باحب أختك وباخاف عليها وعلى مامتك وحتى عليكِ إنتِ!

استدرت معطيًا ظهري لها، وأكملت طريقي في الممر، لكن صوتها استوقفني:

ـ دليلة في المسرح الصغير.

ظهر التعاطف، وتحولت المشادة إلى تفاهم، فبادلتها الابتسام قائلًا:

ـ متشكر يا سِت ليلو.

* * *

وصلتُ إلى المسرح الصغير ذي المقاعد الرمادية الداكنة والحوائط الذهبية. كانت الفرقة قد لملمت آلاتها، وانسلوا خارج القاعة، ولم يبقَ سوى دليلة التي تضع آلة التشيلو الضخمة داخل حافظتها، ويبدو عليها التعب وقلة النوم.

لمحتني أقترب منها فزفرت بضيق، لكني اقتربت متهكمًا:

ـ يا نهار إسود! النفخة دي كلها عشان شُفتيني؟!

ـ معنى إني ما رديتش على خمسة وأربعين ماسيدج، وخمسة وعشرين مكالمة، إني حرفيًّا مش طايقة أشوفك!

١٣٨

ـ أي بنت طبيعية مش هتعرفني تاني بعد القرف اللي قلته ده. بس إنتِ مش أي بنت!

ـ ثبِّتني إنت كده يعني؟

ـ لأ، لسه في ورد.

قدمت إليها باقة الورد، فتنهدت قائلة:

ـ أنا ما باحبش الورد البلدي!

ـ عارف. بتحبي التوليب. إيه رأيك نصلح الغلطة دي وأجيب بوكيه توليب كبير بكرة وإحنا بنتغدى سوا؟

ـ بكرة هاشتري حاجات من الجراند مول ومش فاضية.

ـ يبقى بعد ما تخلصي.

ـ نوح! أنا ما نمتش ساعتين على بعض من إمبارح، وبجد مش فايقالك!

ـ طب جاوبي بصراحة، كنتِ بتحلمي بيَّ طول الليل، مش كده؟

ـ لأ وإنت الصادق، كنت باحلم بالحيوانة اللي اسمها فتون!

فتون العاهرة الميلودرامية مدمنة الانتباه، لقد أحبَّت لعبة السطو على الأحلام وغزو الأفكار!

على الرغم من كوني مقتنعًا تمامًا بأن الفتاة التي ستكون شريكة حياتي هي الفتاة التي أستطيع أن أخبرها بلا خوف عن رؤيتي للأرواح وحديثي معها، دون أن تظن بي الظنون، فإنني لم أود أن أحكي لدليلة حكايتي مع روح تلك السفاحة المهووسة، ولا زياراتها المقتضبة لي، حتى لا أُضاعِف هلعها.

لكني شخصيًا أُصبت بالهلع، واضطربت نبضات قلبي، حين لمحت روح فتون جالسة على طرف المسرح خلف دليلة تؤرجح ساقيها في الهواء.

تظاهرت مجددًا بأني لا أراها، بينما قالت دليلة:

ـ ومش أي حلم!

اقتربت مني هامسة:

ـ فاكر لما إنت علَّمت بابا بعد ما مات إزاي يطلعلنا في الأحلام؟ أنا حلمت بيها نفس الأحلام دي!

اللعنة! دليلة ستفضح أمري على مرأى ومسمع من فتون!

ـ أنا قلت هي فتون ماتت وروحها بقت بتطلعلنا في الأحلام؟ بس بعد كده فكرت: أكيد لو ماتت، روحها هتجيلك وإنت هتشوفها وهتقولي و...

تبًّا لثرثرة النساء!

ابتسمت فتون ابتسامة واسعة، وحين تأكدت أنني أراها حقًّا، اقتربت مني كثيرًا ووقفت خلف دليلة، ثم قالت بابتسامة ظافرة:

ـ يعني شايفني؟

لم تمهلني حتى أجيب، ووضعت يدها على كتف دليلة وهي تقول بنبرة ممتنة:

ـ برافو عليكِ!

وكأن صاعقة كهربائية ضربت دليلة، فانتفضت فجأة ثم هوت أرضًا مرتعشة، لكن دون أن تفقد وعيها!

لم تصدق فتون قوتها وغشامة الطاقة الكهرومغناطيسية التي تجلد أبدان البشر إذا لمستهم روح.

ارتميت على دليلة قائلًا في هلع:

ـ إنتِ كويسة؟

أجابتني بنبرة مرتعشة ونظرات هلعة:

ـ فيه حاجة كهربتني!

مالت فتون على دليلة وهي على أهبة الاستعداد للمسها مجددًا، فصحتُ بها وأنا أقف بينها وبين جسد دليلة المرتعش:

ـ أنا شايفك خلاص، إياكِ تلمسيها!

ابتسمت لي بخبث دون أن تتفوه بحرف، وربتت على كتفي لتصعقني بالشحنة الكهربائية نفسها، لكني تماسكت وقاومت ضعفي، بينما نهضت دليلة مرتعشة وهي تقول:

ـ إنت بتكلم مين؟!

* * *

إنه موسم المشادات مع دليلة داخل السيارة للمرَّة الثانية خلال ثمانٍ وأربعين ساعة!

ظلت تصيح بغضب لم تحاول كتمه:

ـ إنت كنت مستني إيه عشان تقولي إن روح الست اللي حاولت تسممك بتطاردك؟!

أجبتها وأنا أزيد من سرعة سيارتي على كورنيش المعادي:

ـ كنت مستني إنها تختفي زي ما ظهرت.

ـ يعني ما كنتش ناوي تقولي أصلًا!

ـ بالظبط كده.

ـ هتقولي خبيت عليَّ ليه، ولَّا هتسيبني أضرب أخماس في أسداس؟

ـ عشان ما باحبش أرغي في الموضوع ده!

ـ إنت ليه بتتبارد كده؟!

ـ مش باتبارد! أنا باقولك إن أنا شخصيًّا الموضوع مش فارق معايا. عادي يعني، روح زي أي روح باشوفها.

ـ طب بالنسبة للخمسين ألف فولت اللي اتكهربنا بيهم أنا وإنت دلوقتِ؟ وبالنسبة للأحلام اللي بسببها مش بيغمضلي جفن؟

ـ فتون مش هتظهرلك تاني! هي كانت عايزة توصل لحاجة معينة معايا وخلاص وصلتلها. ابقي ولعي بخور قبل ما تنامي.

ـ هو إنت ليه بـ...

قاطعتها صائحًا وقد نفد صبري:

ـ أنا مش عايز مناهدة، ومش عايز أتكلم في موضوع فتون ده! مش معنى إننا مرتبطين إننا نكتسح مساحة بعض الشخصية! أنا ليَّ حق يكون عندي جزء صغير محدش يعرف عنه حاجة غيري!

تفاجأت من صياحي، أنا نفسي لم أتوقع أن أرفع صوتي عليها بتلك الحدة بعدما وعدتُ ليلو منذ دقائق أنني سأكون مصدر سعادة شقيقتها!

أنا حقًّا وغد!

ـ نَزِّلني على جنب!

ـ بطلي هبل!

ـ لو ما نزِّلتنيش على جنب هانط من العربية!

لم أنفِّذ رغبتها، ولم أعبأ بتهديدها الفارغ، وأكملت الطريق، فظلت تحدق بي بغضب، ثم أبعدت نظرها عني وهي تتأمل الطريق من النافذة التي أدخلت إلينا هواء ساخنًا، وكأن تنينًا ينفث نيرانه علينا، لتزيد حرارة أواخر يوليو سخافة هذا الوضع.

وصلنا إلى شارعها بعد صمت بشع، ففتحت باب السيارة حتى قبل أن أوقفها.

هممت بالنزول، لكني جذبتها من يدها قائلًا بهدوء:

ـ أنا حكيتلك على حاجة عمري ما حكيتها لحد، بس إنتِ مش عارفة الموضوع بالنسبة لي قد إيه معقد! دي مش حلقة من مسلسل أمريكاني ولا أنا سوبر هيرو! أنا مش مبسوط بالقدرة اللي عندي ولا فخور بيها، وباحاول على قد ما أقدر أنسى أصلًا إنها عندي، فمش هامشي أتفشخر بإني باكلم الميتين، ولا هاحكي أي تفاصيل تخص الموضوع ده لأي حد.

ـ حتى لو أنا؟

ـ خصوصًا إنتِ يا دليلة. ولو سمحتِ ما تخلينيش أندم إني حكيتلك الموضوع ده!

ـ تمام.

تملصت من قبضتي ونزلت من السيارة، لكني استوقفتها مجددًا:

ـ خدي الورد.

أخذت مني باقة الورد فقط لتلقيها في وجهي بعنف وكأنها تصفعني بها!

توقعت أن تصفع باب السيارة مجددًا، وكنت ألعن نفسي على غبائي، لِمَ أتشاجر معها دائمًا في السيارة؟!

لكنها فاجأتني تلك المرَّة وفكرت خارج الصندوق، وقررت أن تركل الباب بقدمها وهي تصيح بنبرة غاضبة متفجرة:

ـ ما أشوفش رقمك على تلفوني تاني!

٨

أتساءل كيف نجح حكيم في صرف انتباهي عن وجود روح فتون في غرفتي آنفًا، في حين أنه فشل كليًّا في تشتيتي عن منظر دليلة وهي تطلب مني ألا أتواصل معها مجددًا!

أغلقت الراديو الذي لا فائدة من أغانيه، وكنت في طريقي إلى قصر البغل، لعل العمل يهدِّئ روعي ويقلل من الدراما النسائية التي تحيطني من كل جانب؛ فأنا مطارد من روح قاتلة متسلسلة، وأحقق في قضية تسميم أخت لأختها؛ والآن على وشك أن أفقد حبيبتي!

فكرت: أكانت دليلة تقصد أن تنهي علاقتها بي، أم أنها تريد مني أن أترك لها مساحة حتى تهدأ وتعود إلى رشدها وتدرك أن كلامي صحيح وأنه يحق لي أن أُبقي بعض الأسرار لنفسي؟

كان عليَّ أن أستعيد انتباهي وأضع جُلَّ تركيزي في القضية

التي أعمل عليها، لذا توجب أن أطرد تلك الأفكار عن عقلي.

نفثت دخان سيجارتي وألقيت بها وقد انتهت عند وصولي إلى قصر عامر البغل ذي الأعمدة الإغريقية عند مدخله الرخامي المهيب. بدا القصر كتلك القصور التي تخص رجال المافيا وتجار المخدرات في المسلسلات الرتيبة، حيث يُوقفك فرد الأمن ليأخذ بياناتك ثم يتواصل مع صاحب البيت عبر الهاتف الداخلي وبعدها يسمح لك بالدخول بنظرة متغطرسة كضيف غير مرحب به.

قبل أن أضغط على الجرس فُتح الباب من تلقاء نفسه لأجد أمامي رجلين، أحدهما شاب ثلاثيني ذو عوينات ضخمة ويحمل حقيبة جلدية، والآخر رجل راقٍ في مقتبل الستينيات، يرتدي قميصًا قطنيًا أسود ذا ماركة، وشعره فضي لامع، وعيناه فيروزيتان واسعتان، بدا كأنه شقيق مصطفى وحسين فهمي.

صافح الرجلُ الشابَ الثلاثيني قائلًا:

ـ تعبناك يا دكتور.

ـ مفيش أي تعب يا بروفيسور عامر. أنا هافضل متابع

معاك لحد ما حالة مدام غادة تتحسن. قلبي معاك وربنا يصبركم.

ـ أشكرك.

ودَّع الطبيبَ بنبرة جافة ومصافحة باردة، ثم التفت إليَّ بنظرات متفحصة وكأنه يمسحني بالأشعة السينية من رأسي حتى قدمَي، ثم همس بعد هنيهة من فحصه الدقيق:

ـ الأفضل نقعد في المكتب.

* * *

كان مكتبه أنيقًا كمظهره، ولكن لم يكن لديَّ ما يكفي من الوقت لأتأمل مكتبته العملاقة الزاخرة بالكتب التي تتصدرها جميع روايات آسيا خضر البوليسية، والشهادات والجوائز التي تعج بها الأرفف.

كان يغمرني شعور غريب تجاهه. تماسُك هذا الرجل ليس طبيعيًّا، بل هو كله غير طبيعي! ليس لثرائه أو أناقته، بل هناك هالة غامضة تحيط به.

ـ البقاء لله.

ـ ما أظنش إنك جاي تعزيني يا نوح. اسألني عن اللي إنت عايزه.

١٤٩

ـ الحقيقة أنا معنديش سؤال بعينه، بس أنا...

ـ لأ عندك. إنت عايز تسألني عن الحلم.

ـ حلم إيه؟

ـ الحلم اللي أنا شُفت فيه سهير بتموت غرقانة، وفي أقل من ٢٤ ساعة اتحقق.

ـ مظبوط. دينا بنتك كانت حكتلي على الحلم ده و...

ـ لأ. أول حد حكالك عن الحلم كان سهير نفسها.

ـ أنا عمري ما شُفت سهير غير وهي...

استشعرت كهرباء في الهواء ورائحة كحول تطغى على الغرفة، بينما ابتسم عامر ساخرًا وهو يحدث أحدًا يقف من خلفي:

ـ إنتِ مش قلتيلي إن ده الظابط اللي شافك وكلمك وإنتِ ميتة يا سهير؟

وإذ بي ألتفت لأجد روح سهر واقفة خلفي، وعامر يحدثها تمامًا كما كنت أحدثها.

ارتبكت، وتدافعت الأفكار في ذهني، وعجزت عن اختيار سؤال أطرحه على عامر.

كيف يرى الأرواح؟! وكيف عرف أنني أيضًا أتحدث معها؟!

ـ هو يا بابي.

قالتها سهر بوضوح، ثم أتبعتها:

ـ ما تخافش يا نوح، بابي له بركات زيك.

ابتسم عامر ساخرًا وهو يوجه حديثه إليَّ:

ـ إيه؟ كنت فاكر إن إنت الوحيد اللي ربنا رافع عنه الحجاب؟

ـ إنت إزاي أ...

ـ هاقولك. سنة ١٩٩١ كنت شغال في المعمل على تركيبة المبيد بتاعنا. حسبت نسبة السيانيد غلط واتسممت. الدكاترة قالولي إن قلبي وقف عشر دقايق كاملين قبل ما يقدروا ينعشوه والنبض يرجعلي. تقدر تقول إني خدت رحلة للعالم التاني ورجعت منها بعين جديدة، عين تقدر تشوف عالم الأحياء والأموات.

ـ وتحلم بالمستقبل؟

ـ دي رؤى.

ـ الكلام ده معناه إن بنت حضرتك التانية هتموت مخنوقة؟

هز رأسه متأملًا وجه ابنته التي اقتربت منه قائلة:

ـ بس حلمك ما اتحققش. إنت قلت إني هاموت غرقانة، لكن الطب الشرعي قال إن سبب الوفاة سكتة قلبية و...

ـ حبيبتي، أنا قلتلك مش كل الأحلام واضحة ومفصلة، بس...

ـ بس نوح بيقول إن حد سممني!

ـ سممك؟!

التفت إليَّ متوجسًا:

ـ يعني سهير اتقتلت؟!

ـ أنا لسه ما عنديش دليل قاطع، بس التحقيق شغال و...

ـ ومين اللي ممكن يعمل كده؟! وليه؟!

ـ عشان كده جيتلك. سهير كان بيتبعتلها رسايل تهديد من رقم برايفت. إحنا قدرنا نوصل لصاحبه، وحاسين إن خيط حل القضية معاه. أنا بس هاحتاج تعاونك معانا.

ـ تعاوني؟! دا أنا أوديه ورا الشمس! مين اللي عمل كده؟

ـ دينا.

ـ أفندم؟!

صاحت سهر وهي تقترب مني أكثر مما ينبغي:

ـ دينا مين؟ دينا أختي؟!

ـ عايزكم بس تهدوا. أنا عارف إن دي صدمة، بس الرقم طلع باسم دينا!

ـ مش معنى إنه باسم دينا إن هي اللي كانت بتستخدمه.

ـ احتمال. مين بقى اللي يقدر يستخدم تلفون دينا أو يشتري خط باسمها؟

اهتز هاتفي برسالة نصية من قطز، قرأتها متعجلًا:

«أمر تفتيش بيت دينا جاهز».

رمقني عامر بنظرة متفحصة أخرى، ثم ابتسم ملتقطًا من فوق مكتبه قداحة ذهبية مميزة منقوشًا عليها اسم «البغل»، وعلبة سجائر ذات علامة تجارية مستوردة لم أرها في مصر من قبل.

أشعل سيجارته قائلًا بثقة ممتزجة بغطرسة مقيتة:

ـ مش حسين.

ـ الكل موضع شك بالنسبة ليَّ.

ـ فيه شعرة ما بين الشك المنطقي وملاحقة السراب. ما تضيَّعش وقتك.

ـ الثقة اللي بتتكلم بيها دي معناها إنك عارف مين اللي ممكن يسمِّم بنتك وساكت!

ـ عارف. بس معييش اللي يثبت ده.

ـ قولي مين وأنا هاتصرف.

ـ وفر مجهودك. يومين وهيبقى عندي الإجابة بالدليل.

صاحت فيه سهر:

ـ يومين؟! دينا ممكن تموت خلال اليومين دول!

ـ معلش.

قالها عامر ببرود نافثًا دخانه، ثم أردف:

ـ يبقى قدرها.

لم أفطن إلى سبب برود عامر ولامبالاته التامة تجاه موت ابنته الصغرى سهر، واحتمالية أن تلحق بها الكبرى.

لم يكن مريحًا بالمرَّة!

غطرسته، وقدرته على رؤية الأرواح، ورؤاه حتمية التحقق، وتعبيرات وجهه الصماء، وتصميمه على عدم الإدلاء بأي معلومة مفيدة، كل هذا كان يفوق قدرتي على فك شفرة شخصيته.

لم أجد منفعة من البقاء معه لفترة أطول، فنحن لن نؤسس نادي مخاطبي الأرواح السري، ولن نصبح شريكين جمعتهما القدرة على التواصل مع الأرواح، لذا قدمت

إليه العزاء مجددًا، ثم رحلت في طريقي لتفتيش بيت ابنته الكبرى دون التحدث في ذلك الموضوع شديد الحساسية بالنسبة لي.

* * *

انضم قطز إلى سيارتي، بينما لحق بنا بعض العساكر في رحلتنا إلى بيت دينا التي تقطن في مجمع سكني بالقاهرة الجديدة يبعد بضع دقائق عن قصر أبيها.

سمح لنا فرد الأمن بالدخول بعد أن تفحَّص كارنيهات الداخلية، وكأننا في كاليفورنيا ويجب أن أُشهر شارتي الشرطية كما في الأفلام الأمريكية.

ركنت سيارتي وقد بدت سبة وسط السيارات التي ظننت ألَّا أحد يمتلكها في مصر سوى محمد رمضان، ثم وصلنا إلى فيلَّتها برفقة فرد الأمن الذي ضغط جرس الباب ليفتح لنا حسين مرتديًا ملابس تنبئ بأنه على وشك الخروج.

رفع قطز أمر التفتيش في وجهه:

ـ أمر التفتيش يا حُسَين بيه.

نطق حروف الاسم باللغة العربية الفصحى وبنبرة ساخرة، ثم أشار إلى العساكر يقودهم صيدناوي:

ـ مش عايز خرم ما يتفتش هنا.

ابتسم لنا حسين ببرود يفوق برود صهره، ثم تنحى جانبًا حتى نمر نحن ورجالنا.

وقع نظري على جواز سفره الأمريكي الموضوع على الطاولة بجوار تذكرة سفر، واستطعت أن ألمح حقيبتَي سفر متخمتين استعدادًا لسفر قد يطول. يبدو أنه على وشك المغادرة إلى الولايات المتحدة الليلة.

راحت الأفكار تتقافز في عقلي.

انتشر عساكرنا لتفتيش كل ركن في الفيلَّا لعلهم يجدون سمًّا من أي نوع، بينما طلب قطز بمنتهى الأريحية من خادمة البيت النيجيرية ماء وقهوة.

لا أعلم من أين أتى بالثقة ليشرب في بيت نشك أن صاحبته سممت أختها، خصوصًا أن حسين راح يتابعه وهو يحتسي فنجانه بنظرات كرهٍ وغِلٍ، وكأنه يخطط لتسميمنا نحن أيضًا.

تجاهل قطز تلك النظرات المبغضة، وسأله ببرود:

ـ هو إنت ومدام دينا متجوزين بقالكم قد إيه يا دكتور حِسين؟

ـ حُسَين!

ـ أيوه برضو بقالكم قد إيه متجوزين؟

ـ تلات سنين.

ـ ومفيش أولاد؟

ـ لأ.

ـ اتجوزتوا هنا ولَّا في أمريكا؟

ـ في أمريكا.

ـ يعني جوازكم وطلاقكم خاضعين للقانون الأمريكي مش لمحكمة الأسرة المصرية، صح؟

ـ وده يَفرق معاك في حاجة؟!

لا أفهم الغرض من أسئلة قطز التي لا يعتد بها سوى مفيدة شيحة في برنامج «الستات ما يعرفوش يكدبوا»، ولم أرَ للأمر تفسيرًا إلا أنه يود أن يضيِّع الوقت ويتظاهر باهتمامه باستجواب حسين ليرضيني فحسب، على الرغم من اقتناعي التام بعدم اكتراثه بتلك الزيارة وأنه يود الانتهاء منها في أسرع وقت ليعود لقراءة رواية آسيا خضر ومغازلتها.

قطعت أسئلة قطز الهشة مقتحمًا صلب الموضوع:

ـ بقالك قد إيه عارف إن دينا بتبعت الرسايل دي لأختها؟

ـ من يومين. سهير ورتني الـ«messages».

زفر متضايقًا:

ـ أنا مفيش حاجة بيني وبين سهير. الموضوع كله سوء تفاهم وغيرة زايدة من دينا. بحكم إني طبيب نفسي كنت باتقرب من سهير عشان أساعدها تتخطى موت خطيبها. العيلة كلها اتخلت عنها من ساعة ما بقت رقاصة. وحتى في أزمتها دي محدش اهتم بيها غيري.

ـ وإشمعنى إنت؟

ـ «Excuse me»؟

قالها بضيق غير مبرر، فأوضحت له:

ـ إشمعنى إنت مهتم بيها للدرجة إن أختها بعتتلها رسايل تهديد قبل موتها بساعتين؟

نظر إليَّ وهو يتفحصني بابتسامة هادئة من رأسي حتى قدمَي، ثم قال:

ـ بارانويا الشك اللي عندك سببها وظيفتك ولَّا دي طبيعتك الشخصية؟

ـ أفندم؟

ـ إنت فاكر إني مجهز شنطي عشان فيه دليل ضدي وعايز أهرب، مع العلم إنك لو سألتني وسألت كل اللي يعرفوني هيقولولك إني كل سنة باسافر في التوقيت ده لمدة شهر عشان أقعد مع ماما في نيويورك! إنت قلقان تشرب فنجان قهوة في بيتي لمجرد إن أخت مراتي ماتت متسممة! شاكك فيَّ إني شريك في جريمة أو منفذها بنفسي لمجرد إني باقولك إني مهتم بشخص لأغراض إنسانية بحتة بدون أي مصلحة شخصية! إنت حتى مش واثق في قدرات زميلك، ومش مديله فرصة يستجوبني! أنا عارف إن الشك بيساعدك في شغلك، بس صدقني، هيدمرلك حياتك وعلاقتك بكل اللي حواليك!

ابتسمت ساخرًا وأنا أحك أذني، ثم قلت:

ـ جو «اتعلم التحليل النفسي بدون مُعلم» ده ياكل أوي مع المراهقات اللي بيجولك العيادة. لو قعدت مع واحدة فيهم وقلتلها الكلمتين دول هتقولك «أوه! واو! إنت إزاي فاهمني كده»، وهتديك رقمها على طول. إنما أنا هاسحبك إنت وشهاداتك وباسبورك ولسانك المعووج ده على القسم وابقى فهمهم هناك الفرق بين حِسِين وحُسَين.

ـ المفروض أخاف؟

ـ الموضوع متوقف على اللي مدام دينا هتقوله في حقك.
مش معنى إن هي اللي بتبعت رسايل لسهر إن هي اللي
سممتها.

ـ وإيه اللي يثبت إن أنا أو دينا اللي سممناها؟

ـ سيب الإثبات والدليل علينا إحنا. صحيح، هي المدام فين؟

ـ في الشغل.

ـ يوم الجمعة؟

ـ شركتها أمريكان.

ـ وماله. نروحلها الشركة.

حاول حسين منعنا من الذهاب لاستجواب دينا في مكتبها
أثناء ساعات عملها، لكني ضربت بكلامه ومخارجه
الأمريكية المرتعشة عُرض الحائط، خصوصًا أن رجالنا
لم يجدوا أي خيط في الفيلَّا، ولم يكن أمامه إلا أن يأتي
معنا ويتصل بمحامي العائلة.

∗ ∗ ∗

تبعنا حسين بسيارته الفارهة التي يحتوي ثمنها على ستة
أصفار، حتى وصلنا إلى الشركة التي تبعد عن الفيلَّا مسيرة
عشر دقائق.

١٦٠

دخلنا المبنى الشاهق المكوَّن من أحد عشر طابقًا، وفور أن لمحنا موظف الأمن أسرع صوب حسين قائلًا بنبرة متوترة:

ـ دكتور حُسَين، إحنا بنحاول نكلمك من الصبح، حالة الربو جات تاني لمدام دينا، ودكتور الشركة معاها فوق لحد ما الإسعاف توصل.

ركض حسين مذعورًا إلى الطابق الثاني فاتبعناه حيث كانت الحركة غير عادية في الطابق كله.

الموظفون يملأون ممر غرف الاجتماعات، وعلى يمين الممر غرفة بابها مفتوح، تتقلب دينا على أرضيتها وهي تعاني من نوبة تشنج عنيفة، ويدها قابضة على بخاخة الربو، وبجوارها الطبيب، وتفوح من الغرفة رائحة مريبة، على الرغم من أن كل نوافذها الزجاجية العملاقة مفتوحة.

ركض حسين نحوها، فاستوقفه الطبيب صائحًا:

ـ يا جماعة ارجعوا ورا، النَّفس!

ألقى حسين نظرة على دينا وهو يصيح في الطبيب:

ـ إيه اللي بيحصل؟! دي مش نوبة ربو!

ـ مش عارف. أنا مش فاهم حاجة.

استمرت التشنجات، وتضاعف الاختناق، ثم انتهى كل شيء!

ارتخت أوصالها، وسكنت أطرافها، وانقطعت أنفاسها، فجس الطبيب نبضها وحاول إنعاش قلبها، لكن لا أمل!

ـ البقاء لله يا دكتور حسين. دي سكتة قلبية.

حين أعلن خبر وفاتها، فهمت لماذا بدت تشنجاتها مألوفة، فهي لم تختلف قَطُّ عن تشنجات أختها التي رأيتها في الفيديو قبل أن تلفظ أنفاسها الأخيرة!

نقَّلت نظري بين كوب الشاي الأخضر المملوء حتى منتصفه على الطاولة، وبين بخاخة الربو التي تقبض عليها بأصابعها المتيبسة، وهكذا أدركت سبب تلك الرائحة الغريبة التي غزت الغرفة؛ إنها كما وصفتها سهر: رائحة «لُوز مُر».

٩

أرسلت الرسالة العشرين إلى دليلة على تطبيق الواتسآب، فوصلتها الرسالة وتأكدتُ من قراءتها لها، وتعمُّدها أن تظهر أمامي «أون لاين» ولا تجيب، ثم كتبت لها مغتاظًا:

«طيب، لما تفوقي إن شاء الله وتعقلي كده، ابقي كلميني عشان أنا مليش في العبط ده».

وقبل أن أضغط على زر الإرسال أعدت قراءة الرسالة، فوجدتها حادةً بعض الشيء، وأظنها ستزيد من غضبها، فمسحتها سريعًا، ثم أخذتُ نفسًا عميقًا وكتبت غيرها:

«خلينا نتكلم بدل ما تفضلي متضايقة. يا ريت تردي عليَّ أول ما تقدري».

ضغطت على زر الإرسال، مدركًا أنني أتحول تدريجيًا

من الرائد نوح الألفي وحش قسم المباحث الجنائية، إلى الصيدلي طارق عثمان زوج أختي الجبان!

* * *

عُدت إلى مسرح الجريمة الذي انتشر فيه رجال البحث الجنائي، ووقفت على أطرافه برفقة قطز المنشغل بتأمُّل السقف، وكأنه لوحة فنية مهيبة لكاتدرائية، وليس مجرد سقف تتراص فيه بلاطات الجبس الأبيض الممل.

ـ لو.. سمحت.

التفت، فكان المنادي هو أمل زاهي مدير أمن الشركة الذي يشبه الحراس الشخصيين لرجال الأعمال المترددين على الملاهي الليلية. يبدو في الأربعينيات، عضلاته نافرة تصرخ من أسفل قميصه الداكن، لديه حاجبان غزيرا الشعر، عوضه الله بهما عن شعره الذي هجر رأسه الأصلع الذي يشبه مؤخرته من فرط ضخامته.

وضعت هاتفي في جيبي لأنتبه إلى كلماته التي كانت تخرج بصعوبة وكأنه جالس على خازوق شفاف، ثم سألته:

ـ خير يا أستاذ أمل؟

ـ الموظفين عايزين يمشوا. رجالتكم فتشوهم واحد واحد، ومحدش معاه سم زي ما حضرتك بتقول!

ـ زي ما وضَّحتلك من عشر دقايق يا أستاذ أمل، لما طلبت مني نفس الطلب للمرَّة السادسة، ما ينفعش حد يمشي غير لما ناخد بصماته، عشان نستبعد البصمات دي عن أي بصمات غريبة في المكان.

ـ حضرتك الشركة شغال فيها ٤٢٠ موظف، و...

ـ وكنتوا هتسهلوا علينا الإجراءات لو حاطين كاميرات مراقبة في كل غرفة اجتماعات، بدل ما إنتو حاطينها في الكوريدورات والكافتيريا بس!

ـ حضرتك ده بروتوكول أمن الشركة، ما ينفعش نحط كاميرات في غرف الاجتماعات لخصوصية وحساسية المعلومات اللي بتتقال فيها!

ـ هو إيه الاستيكر ده يا أستاذ أمل؟

قالها قطز الذي قطع حديثنا فجأة، مشيرًا إلى لاصقة مثلثة صفراء عليها رسمة جمجمة سوداء وخلفها عظمتان متقاطعتان، ملصقة على طرف بلاطة جبس فوق الكرسي المقابل لطاولة الاجتماعات التي كانت دينا تلفظ أنفاسها الأخيرة بجوارها.

أجابه أمل بتعبيرات الألم نفسها، وكأنه مُحرَج من أن يطلب الذهاب إلى المرحاض:

ـ دي علامة السم حضرتك، بيحطها فريق مكافحة الحشرات كل شهر بعد ما يرشوا المبنى كله و...

ـ يعني البلاطة دي تحتها سم فران؟

ـ مظبوط كده.

تبادلت مع قطز نظرات نحو الكرسي الذي تعلوه البلاطة الملصقة عليها علامة السم.

كانت على الكرسي آثار غبار تتخذ شكل نعل حذاء، وكأن أحدهم وقف على الكرسي ليصل إلى البلاطة.

أسرعت بسؤال أمل:

ـ مين اللي كان في الأوضة دي مع دينا؟

ـ مفيش حد. كانت في فيديو كول مع المقر الرئيسي في واشنطن.

ـ أومال مين اللي وقف على الكرسي وجاب السم من تحت البلاطة؟

وقف قطز يلاحظ حسين الجالس على كرسي في آخر الممر واضعًا رأسه بين كفيه وهو يرتجف باكيًا، فخرج قطز دون مقدمات، بينما أجابني أمل:

ـ أنا يا فندم اللي وقفت على الكرسي، بس مش عشان

أجيب السم، شركة مكافحة الحشرات سابوا البلاطة دي متزحزحة شوية بعد ما حطوا السم إمبارح، وأنا لاحظت المنظر ده الصبح، فطلعت عدلتها بنفسي عشان ما تقعش على حد، وبلغت الهاوس كيبينج ينضفوا الكرسي مكان جزمتي، بس تقريبًا نسيوا، أو كانت دينا دخلت وبدأت الكول بتاعتها فما حبوش يقاطعوها.

ـ فيه حاجة تثبت إنك طلعت على الكرسي عشان بس تعدل البلاطة، مش عشان تسمها؟

جفل، وكأن الخازوق الشفاف خرج من نافوخه، ثم قال بنبرة تحمل اشمئزازًا عظيمًا مني:

ـ أسِم إيه؟! هو إنت أصلًا على أي أساس بتقول إنها اتسممت؟! الدكتور نفسه قال دي سكتة قلبية و...

ـ س سؤال، فيه حاجة تثبت إنك عدلت البلاطة وبس؟

ـ ج جواب، كونفيدوكس.

ـ عروستي؟

ـ ده نوع السم اللي بنستخدمه للقوارض، خش على جوجل هتعرف إنه سم مش بيقتل البالغين، آخره يسبب طفح جلدي لو حد اتعامل معاه بدون جوانتي أو ملابس واقية.

ممكن أديك ورقة بيانات سلامة المادة المستخدمة تقراها بنفسك، أو أقولك عَلى فكرة ألطف؟

سحب الكرسي مجددًا، وصعد فوقه ليزحزح البلاطة البيضاء ذات الملصق، ثم التقط كيسًا شفافًا فيه حبات قمح مصبوغة بمادة زرقاء، وألقاه على الطاولة قائلًا بنبرة حادة:

ـ خلي رجالتك يحللوه بنفسهم.

ـ هدي أعصابك يا أمل، إحنا بس...

دخل قطز وسحبني من ذراعي فجأة، قاطعًا حديثي مع أمل الذي لم أعد أفهم هل هو غاضب أم متألم! حتى خرجنا من غرفة الاجتماعات وابتعدنا عنها تمامًا.

* * *

ـ إنت قافش حرامي صنادل يَلَه؟! فيه إيه؟!

أسرع قطز يخبرني:

ـ حسين هو اللي قتل دينا وسهر.

ـ إشمعنى؟

ـ عشان حسين ودينا اتجوزوا في أمريكا.

ـ أنا مش فاهم حاجة!

أدخلني غرفة اجتماعات خالية من الموظفين، ولا يوجد بها سوى تلك الرواية اللعينة لآسيا خضر، موضوعة على طاولة الاجتماعات العملاقة المقابلة للسبورة البيضاء المعلَّقة على الحائط. فزفرت، وصِحت ضاغطًا على أسناني:

ـ إنت سايبني أعصر في الموظفين وقاعد تقرالي في الرواية دي و...

لم يبالِ بحديثي، واتجه نحو السبورة وفي يده قلم أحمر، ثم بدأ يدوِّن الكلمات وهو يحدثني:

ـ إيه المشترك بين موت سهر وموت دينا؟

ـ الاتنين اتسمموا.

كتب على السبورة وكان يقرأ ما يكتبه بصوت عالٍ:

ـ «سم». بس المعمل الجنائي بيقول سهر ماتت بسكتة قلبية، والدكتور قال نفس الكلام عن دينا.

ـ هتقولي تاني إنه قضاء وقدر و...

ـ لأ، هاقولك...

كتب على السبورة قارئًا:

ـ «سم. لا تظهر آثاره في التشريح».

اقتربت منه، وقد بدأ يسترعي انتباهي. أخيرًا استفاقت خلايا مخ شريكي.

ـ السم دخل في جسم الاتنين عن طريق التنفس، يعني...

كتب كلمتين على السبورة:

ـ «غاز سُمي».

ـ سهر عن طريق الفيب، ودينا عن طريق بخاخة الربو!

ـ السر في كلمة ريحة «لُوز مُر» اللي سهر قالتلك عليها، كنت سمعتها في حلقة المسلسل الوثائقي اللي شُفته إمبارح مع طارق، كانت حلقة اغتيال ليف ريبيت.

بدأ يرسم جهازًا ما، ويضع بعض المعادلات الكيميائية مثل بروفيسور محترف:

ـ سنة ١٩٥٧، جهاز الاستخبارات البريطاني بعت القاتل المحترف ستاشينسكي ومعاه مسدس مخصوص، بسيط الصنع، لكن أثره قاتل، لأن فيه أنبوبة ضغط جواها حمض البروسيك، وبتنتهي بكبسولة تفجير فوقيها زرار وكأنه جهاز قدح، بحيث إن أول ما تدوس على الزرار كبسولة التفجير تنفجر، وتسخَّن حمض البروسيك اللي في الأنبوبة، فيطلع غاز سام بيسبب سكتة قلبية تؤدي لموت الضحية لو استنشقته مباشرة بالجرعة الصحيحة

خلال دقيقتين، وبدون ما يسيب آثار على الجثة أثناء تشريحها!

ـ قصدك إن حد عمل كده في الفيب بتاع سهر، وبخاخة الربو بتاعة دينا؟

ـ بالظبط. المعمل الجنائي كلموني دلوقتِ وأكدوا عليَّ إنهم ما لقوش حاجة في الـ«liquid» بتاع فيب سهر، بس لقوا أنبوبة متوصلة بزرار الفيب، وجواها آثار حمض البروسيك. يعني سهر ماتت متسممة زي ما إنت قلت، وهمَّا دلوقتِ بيحللوا بخاخة دينا اللي أنا واثق إنهم هيلاقوا فيها نفس الحمض ده!

ـ حلو الكلام، إيه بقى دخل ده بثقتك المفرطة في إن حسين هو اللي قتلهم؟

عاد للكتابة على السبورة واضعًا دوائر على الكلمات الرئيسية لحل ذلك اللغز، قائلًا:

ـ عشان تلاقي القاتل لازم تثبت «تلات حاجات»: «دافع منطقي»، «الوجود في مسرح الجريمة»، «سلاح الجريمة».

التفت إليَّ شارحًا الدافع المنطقي:

ـ وفقًا لقانون الأحوال الشخصية الأمريكي لو ثبتت خيانة

أحد الطرفين، فنُص ثروة الطرف الخاين بيروح للطرف اللي اتخان. دينا شاكة في خيانة حسين ليها مع سهر، يمكن كان معاها دليل قوي على ده، فحسين قرر يقتلها ويلم حاجته ويسافر أمريكا عشان محدش يجيبه، أو يمكن سهر تكون اعترفت لدينا بنفسها، فعشان كده قتلهم هما الاتنين بطريقة مستحيل إثباتها، لأن...

ـ لأن كده كده التقارير الطبية مش هتلاقي السم، وهتثبت إن سبب الوفاة سكتة قلبية طبيعية.

ـ بالظبط. وبالنسبة لوجوده في مسرح الجريمة، فهو قال بلسانه إن سهر ورته الرسايل، يعني اتقابلوا، وبناء عليه لِعب في الفيب بتاعها، وطبعًا سهل يعمل نفس الحركة في بخاخة ربو مراته في أي وقت بحكم عيشتهم سوا!

ـ وبالنسبة لسلاح الجريمة؟ إيه مصدر السم ده؟

ـ عارف إيه الغاز اللي بينتج عن تفاعل حمض البروسيك مع كبسولة التفجير وفي نفس الوقت بيُستخدم في صناعة المبيدات الحشرية؟

اللعنة عليَّ! شهور من دراسة السموم وما زال قطز يفوقني علمًا وثقافة!

هززت رأسي كتلميذ خائب، بينما اختطف قطز من فوق الطاولة رواية آسيا خضر التي لم يتوقف عن قراءتها منذ الأمس، قارئًا بفخر عنوانها المعقَّد الذي لم أستطع قراءته سابقًا:

السيانيد

١٠

طالما اعتبرتُ قطز مثل النعناع؛ إذا وضعته مع الشوكولا كان مناسبًا، وإذا أضفته إلى الشاي كان منعشًا، وإذا فركته على خلطة المحشي كان ممتازًا.

هو في اللهو خير رفيق، وفي مطاردة المجرمين أفضل شريك.

لذا، كان عليَّ أن أنحني احترامًا لتحليله، وأن أعطيه «شابوه» أضخم من «شابوه يوسف الشريف»:

ـ عاش يا قطز!

ـ قطز بيه يا كلب! فاكرني عمَّال ألهو وأنا قاعد باصنع المجد بأقل مجهود؟!

قالها مختالًا بنفسه، وترك القلم بعد أن صوَّر كل الملاحظات التي كتبها على السبورة، ثم أخذ يمسحها قائلًا:

ـ حسين هو العنصر المشترك بين سهر ودينا، ولأنه دكتور فأكيد بيفهم في الكيميا، ده غير إنه يقدر ياخد المواد اللي محتاجها بسهولة من معامل المبيدات الحشرية بتاعة عامر البغل.

ـ يبقى محتاجين أمر ضبط وإحضار لحسين.

ـ بأمارة إيه؟ كل اللي أنا قلته ده نظرية ناقصها دليل.

ـ رسايل دينا لسهر.

ـ مش كفاية. عشان كده يعني أنا شايف لو تقدر إنك تروح و...

ـ وأسأل سهر يمكن تدلنا على حاجة. ماشي.

ـ وهي سهر هتديك بسهولة كده دليل على وجود علاقة شِمال بينها بين جوز أختها؟!

ـ طبعًا. إنت مش عارف هي بتثق فيَّ قد إيه.

* * *

ألقت عليَّ شتائم لم أسمعها في حياتي قطُّ.

راحت سهر تقذفني بأقذع الألفاظ وهي تحاول أن تحمل الكرسي الذي يتوسط سطح بناية شقتها الدوبليكس القريبة من القسم، لكن لكونها روحًا ميتة

١٧٦

عجزت عن حمل أي شيء لتضربني به، فظلت تلعنني فقط، لأني ألمحت لها بإمكانية وجود اهتمام زائد من زوج أختها بها:

ـ إنتو كلكم دماغكم وتفكيركم في حاجة واحدة، ما دام رقاصة تبقى رخيصة وخرَّابة بيوت!

داعبت نصف الليمونة الذي جف إثر ظهور سهر، وقلت:

ـ أنا ما قلتش كده!

ـ إنت قلت اللي أقذر من كده!

عجزت عن رفع المزهرية، وظلت يدها تخترق كل شيء تحاول أن تهاجمني به، ولصدق غضبها وحنقها وثورتها آمنتُ بكلماتها قائلًا:

ـ أنا مصدقك. كان لازم بس أسألك بسبب الرسايل اللي على تلفونك من دينا.

ـ إنت زي دينا وبابا وماما، كلكم زي بعض!

حين يئِست من محاولة رفع الأثاث وضربي به، قررت أن تعتمد على يديها، فاقتربت مني لتصفعني. لم أسمع طرقعة كفها، لكني شعرت بها تخترق وجهي من الخد الأيسر مرورًا بعظم وجهي ولحمه حتى نفذت من خدي الأيمن،

لأشعر كأنني أمسكت بسلك عارٍ تحت أمطار لندنية غزيرة، فانتفضت انتفاضة جعلت أسناني تصطك ألمًا.

توقف الوقت هنيهة، نظرتُ فيها إلى كفها مدركةً قوة صفعتها الكهربائية، بينما انحنى ظهري وأنا أستند بكفِّي على رُكبتي في محاولة لاستعادة أنفاسي التي انقطعت من فرط رعشتي واهتزاز رئتَي.

تراجعت حين رأيتها تقترب مني، وأنا أقول لاهثًا:

ـ خليكِ عندك!

ـ وجعتك؟ إنت كلامك بقى وجعني أكتر!

تجلت رغبة انتقامية في عينيها الواسعتين وهي تقترب مني، فلم يكن أمامي إلا أن أُلقي بنصف الليمونة بعيدًا حتى تنشغل عني للحظة بمراقبته.

كانت تلك اللحظة كافية لأتماسك وأجري في اتجاه باب السطح الذي استدرجتها إليه لعدم قدرتي على الدخول إلى شقتها.

ركضت فوق السطح نحو المصعد، وحمدت الله على حُسن حظي لأنه كان واقفًا في الدور نفسه وكأنه ينتظرني.

❋ ❋ ❋

دخلتُ المصعد ضاغطًا على زر الطابق الأرضي وأنا أستند على بابه في حالة من الوهن، أجاهد للحصول على نسمات هواء خفيفة تقلل الاختناق الذي أشعر به، والكهرباء التي انتصب لها شعر جسدي كله، لكن المريب أن الاختناق لم يقل، بل زاد.

ـ كل ده عشان لسعِتَك قلم على وشك؟

الآن اتضح سبب ثقل الهواء، والذبذبات الكهربائية البغيضة التي يحملها، وأدركت سبب رائحة الورد العطنة التي تملأ أنفاسي.

إنها روح فتون، تقف أمامي مباشرة، ولا مفر منها! شهقتُ متفاجئًا، والتقت أعيننا:

ـ عايزة مني إيه تاني؟!

ـ عايزة أكمِّل اللي فشلت في تحقيقه من خمس شهور! اقتربت إلى حد الالتصاق لتهمس لي:

ـ عايزة أقتلك!

لم تمهلني، افترستني بطاقتها الكهرومغناطيسية وهي تعبر جسدي وتنفذ منه.

كأن أحدهم خلع عني ثيابي كلها وغطَّسني في الماء البارد، ثم أمسك سوطًا سودانيًّا كافرًا وراح يجلد سائر أعضائي بسادية لا مثيل لها!

ينحبس الهواء بداخلي كلما نفذت من خلالي مرَّة تلو مرَّة تلو مرَّة، وكأن عقلي شُل وعجز عن إعطاء أنفي ورئتَي أمرًا بالشهيق والزفير!

ماجت الأرض من حولي، أنوار ضالة تقفز أمام عينَي فتحرق مقلتَي، ثم وهنٌ يسود رُكبتي فأسقط وكأنهما من مطاط!

عُقد لساني، وفقدتُ قدرتي على النطق أو الصياح، بينما رنينٌ طاغٍ يهيمن على أذنَي، ثم دماء حارة تسيل من أنفي الذي لم يتحمل الضغط!

وفتون معجبة باللعبة!

تضحك كطفلة تجرِّب الأرجوحة للمرَّة الأولى، تُصر على العبور والنفاذ من جسدي حتى بعد أن سقطتُ أرضًا وفقدتُ السيطرة على كل وظائفي!

لم يعد هناك مفر! فقدت الوعي تمامًا.

❋ ❋ ❋

ساد الظلام والهدوء لبرهة، ثم عاد كل شيء بقوة فجأة.

فتحت عينَي لأجد نور المصعد النيون يرتعش، وأنني ما زلت ساقطًا على أرضيته والصداع ينهش رأسي، والألم يركل ضلوعي، والألعن أن فتون جاثمة على صدري.

أشعر بكل شيء: رائحة الورد العطنة التي تفوح منها، صوت ذبذبة الضوء، أنين عظامي، صرير اصطكاك أسناني. لكني مشلول، لا أستطيع تحريك جسدي قيد أنملة، ولم أستطع أن أتحدث وهي تقول:

ـ المرة اللي فاتت السم فشل. تيجي نجرب حاجة جديدة؟

تمد يدها نحو خصري حيث سلاحي، تُخرجه من جرابه المعلَّق في حزامي، تسحب زر الأمان، تصوب فوهته عند جبيني، تضغط على الزناد، ثم طااااااااااااخ!

* * *

انتفضت من مكاني لأجد الماء يُكبُّ على وجهي، ويباغت عينَي في اللحظة التي فتحتهما فيها.

ـ اسم الله عليك.

قالها بوَّاب العمارة الذي يقف حوله بعض السكان عند باب المصعد، وكنت لا أزال مُلقى على أرضيته.

١٨١

ساعدني البوَّاب على الاعتدال وإسناد ظهري إلى جدار المصعد، وتفقدت حالي فوجدت بقع الدماء التي سالت من أنفي ولطخت قميصي الأبيض الذي ابتل بالماء الذي سكبه عليَّ البوَّاب لأستفيق من غيبوبتي.

كان أول رد فعل لي أن وضعت يدي على سلاحي لأتأكد من وجوده، وكان موجودًا بالفعل.

لم يكن الجزء الأخير مع فتون إلا لحظة فقدان وعي، استغلتها فتون لتتلاعب بعقلي وتوهمني أنها تسحب سلاحي وتقتلني به.

ـ فيك حاجة؟ إنت كويس؟

قالها البوَّاب العطوف، فهززت رأسي وتساندت على جدار المصعد لأنهض، فساعدني بنخوة على الوقوف.

ـ أوقَّفلك تاكسي طيب؟

ربَّتُّ على كتفه بيد مرتعشة، وأجبته باقتضاب وبأنفاس متقطعة:

ـ شكرًا.

* * *

تخبطت في سيري وأنا أتجه إلى سيارتي، ثم جلست

بداخلها وضربات قلبي تلكم صدري، وأخذت منديلًا ورقيًّا أمسح به الدماء المتجلطة عند أنفي وأنا أنظر إلى نفسي في مرآة السيارة.

كنت في حالة مزرية، كغراب حاول اقتحام سرب لا ينتمي إليه، فاجتمع الغربان عليه ناتفين ريشه، ناقرين لحمه!

أصلحت هيئتي، وتجرعت زجاجة الماء الملقاة أسفل مقعدي منذ فترة لا يعلمها سوى العليم، وبيدين مرتعشتين ورُكبتين مهزوزتين قدتُ السيارة، وكلي ثقة أن ما كابدته منذ برهة لم يكن سوى الجولة الأولى في معركة فتون.

* * *

وصلتُ إلى بيت جدتي، فركنت السيارة وقد تبدد الألم قليلًا.

دخلت الشقة فلم أجد أحدًا، فانتهزت الفرصة للتخلص من كل ما يحمل رائحة الليمون التي تجذب أرواح الموتى.

أخذت حبتَي الليمون الأخيرتين، ووضعتهما في كيس بلاستيكي، ثم ألقيت بهما في مكب النفايات العمومي الذي يبعد ثلاثة شوارع عن بنايتنا.

عدتُ إلى الشقة، وأغلقت عليَّ باب الحمَّام، ثم خلعت قميصي ورُحت أفرك بقع الدم عليه بمسحوق الملح

الخشن، حتى اختفت البقع، ثم علَّقت القميص المبتل خلف الباب.

كنت على وشك الاستحمام لأستعيد عافيتي، لكني تذكرتُ شيئًا: البخور!

خرجت منتويًا إشعال البخور وتوزيعه في كل أركان الشقة، فرائحة البخور خانقة وطاردة للأرواح المتطفلة، لكن صوت شخللة المفاتيح في الباب ونباح كلبَي جدتي، «روي» و«لولو»، قاطعاني.

دخلت جدتي ومعها بعض الأكياس البلاستيكية التي فاحت منها روائح مختلفة، كانت أكثرها هيمنة هي رائحة المانجو.

ـ إنت رجعت إمتى؟

قالتها حين لمحتني بينما الكلبان يقفزان عليَّ بثقلهما الذي أنهكني أكثر، فتملصت منهما قائلًا:

ـ هاستحمى وهانزل تاني.

ـ مالك؟! شكلك طالع من خناقة!

ـ قلة نوم مش أكتر.

ـ بمناسبة النوم، أنا حلمت حلم غريب، حلم من إياهم.

ـ مش فاهم!

ـ حلمت بفتون. مش حلم عادي، ده كإنها زارتني زي ما ضيوفك كده بيزوروك.

تلك اللعينة لم تكتفِ بمهاجمتي ومطاردة أحلام قطز ودليلة! إنها تتعقب جدتي في منامها!

أشعلت البخور على الفور، بينما أكملت جدتي:

ـ أحلام من اللي إنت قلتلي عليها لما روح ميت بتزورك فيها. والنهارده بالصدفة قابلت سوزان في الروتاري، وقالتلي إن فتون ماتت بجلطة من أسبوع.

ظلت جدتي تحدق بي، وتراقبني وأنا أشعل أعواد البخور وأوزعها في أركان الصالة.

ـ البخور ده عشانها؟!

قالتها جدتي بنبرة متوجسة وعينين قلقتين، وانتظرت مني إجابة، فأتت الإجابة لكن من غيري:

ـ قولها إنها وحشتني أوي!

قالتها فتون التي وقفت خلف جدتي وسط دخان البخور دون أن تختنق، كما يحدث مع أي روح طبيعية، وإذ بكلبَي جدتي يشعران بوجودها فينبحان في اتجاهها بشدة.

ارتبكتُ؛ كيف لها أن تقف بأريحية وقد تخلصتُ من كل ما يحمل رائحة الليمون التي تُقوي ظهور الأرواح، وأشعلتُ البخور الذي يخنقها؟!

قالت بنبرة سادية وهي تقترب من جدتي:

ـ إيه أحوال قلب جدتك اليومين دول؟ شكلها محتاجة شوية كهربا تنعشها!

ـ ما تفكريش حتى إنك تلمسيها!

قلتها وأنا أقف حائلًا بين فتون وجدتي التي صاحت في الفراغ بيأس:

ـ فتون! إياكِ تقربي من حفيدي تاني!

قالتها ناظرة بالضبط حيث تقف فتون! لطالما كان قلب جدتي أبصر من عينيها!

يجب أن أركز، لقد تخلصت من الليمون كله، فلماذا أشم رائحته؟!

نظرتُ بطرف عيني على المائدة، حيث أكياس البقالة، فتجلى لي حل اللغز.

فتشتُ بين الأكياس نابشًا محتوياتها حتى وجدتُ كيسًا يحتوي على خمسة كيلو من الليمون على الأقل!

اتجهتُ إلى غرفتي المطلة على الشارع العمومي، وأعدتُ
ذراعي إلى الوراء ثم دفعتها إلى الأمام بأقصى قوتي ملقيًا
بكيس الليمون إلى المجهول. وهنا سرى مفعول البخور،
وراحت فتون تسعل بقوة ثم هربت من الدخان نافذة من
الباب تمامًا كما ولجت منه.

هويت على الكرسي لأستعيد أنفاسي بعد أن طهرتُ
البيت من طاقتها.

ـ حبيبي، إنت كويس؟

قبَّلتُ يدها وربتُّ على رأسها مبتسمًا ابتسامة كاذبة لا أظن
أنها أقنعتها:

ـ إحنا لازم نشن حملة مقاطعة على الليمون.

تركتُ الشقة هاربًا من نظرات جدتي المتفحصة، فلو
بقيتُ أسفل رادارها فستكتشف رعبي من ظهور روح تلك
المختلة مجددًا، فأنا لم تطاردني روح تود إيذائي من قبل!

١١

كدت أغفو في السيارة أمام القسم، لكنني لم أكن مستعدًّا لدخول عالم لفتون فيه السطوة.

قررتُ أن أقاوم شبح النوم المخيم على حواسي، فدخلت القسم متجهًا إلى مكتبي، فقابلني قطز ومعه كيس بُن عبد المعبود الخصوصي الذي فاحت رائحته:

ـ شكلك مضروب بالجزمة كده ليه؟

ـ بقالي يومين ما نمتش!

ـ نوم إيه؟! لسه قدامنا ليلة طويلة، تعالَ وأنا هاعملَّك فنجانين قهوة يظبطوك.

مشينا حتى الممر المؤدي إلى المكاتب، فرأيت صلاح يخرج من مكتبنا مغلقًا الباب خلفه، فسألته مسقطًا عليه اشمئزازي من كل ما مررتُ به خلال اليومين الماضيين:

ـ بتعمل إيه في مكتبي؟

١٨٩

ـ فيه مَرَة اتثبتت، لقحتهالك جوه، شوفها.

ـ ما تاخد إنت أقوالها وتعمل محضر!

زمجر معترضًا كالكلب المسعور:

ـ محضر إيه يا ابني إنت؟ أنا بتاع أكشن، مش نسوان فوق الخمسين! شوف شغلك يا حضرة الرائد.

رحل ضاربًا كفًّا بكف، متعجبًا من تقاعسنا، فهمست لقطز:

ـ هو إحنا ليه ساكتين لبغل البحر ابن الـ...

ـ قلتلك نلبسه قضية اتجار لبوس مسرطن، إنت اللي قلتلي شرف المهنة! لو مش رايق، أنا ممكن أشوف حكاية الست اللي جوه دي، أنا تخصص تثبيت.

ـ لأ يا سيدي، أنا رايق وفي الفُرمة، وهو يوم زفت من أوله! فتحت الباب وسعلت من رائحة صلاح الصعلوك التي عبقت مكتبي.

فور أن سمعت السيدةُ الجالسة على الكرسي المقابل لمكتبي الخشبي صوت صرير الباب، التفتت نحونا، فتجمدتُ مكاني.

تلك السيدة الطويلة، الممتلئة، عريضة الكتفين، ذات الحجاب الأبيض الطويل الذي يغطي صدرها ومنتصف

ظهرها، التي كانت متقوقعة في نفسها، قابضة على راحتيها بملامح ذابلة، وكدمة حول عينها اليمنى، وأخرى في زاوية فمها، هي الدكتورة سعاد أمشير، أستاذ الغدد الصماء في مستشفى قصر العيني. ونعم، تلك المرأة هي أمي!

* * *

دخل عم حمدي ليضع كوب الماء أمام والدتي المرتبكة التي لم ترفع عينيها في عينَي بعد.

ـ أي خدمة تانية يا سعادة الباشا؟

ـ اقفل الباب وراك وما تدخلش حد.

هز رأسه الهزيل، وخرج مغلقًا الباب خلفه، وتركنا جالسين يلفنا الصمت.

ظلت تنظر إلى حذائها تارة، وإلى أصابعها تارة أخرى، بينما بقيت أحدق في كدمتَي وجهها حتى سألتني بنبرة مترددة:

ـ طمني عليك. كويس؟

ـ زي الفل.

ـ مفيش أي أخبار عن قضيتك؟

ـ أنهي قضية فيهم؟

١٩١

ـ قضية اللي ما تتسمى دي.. فتون.. وصلت لإيه؟

ـ إشمعنى؟

ـ قلبي مقبوض. حلمت بيها حلم وحش وكنت إنت في الحلم ده!

أجبتها بنظرات مريرة وابتسامة ساخرة:

ـ طب إوعي تحكي بقى أحسن يتحقق، ولا أقولك، احكيه في الحمَّام، أو اعملي أي حاجة من الخرافات اللي إنتِ مؤمنة بيها دي!

ـ بقى ده جزائي عشان...

ـ ماما! إنتِ هنا ليه؟! دا إنتِ ما رفعتيش سماعة التلفون تطمني عليَّ من ساعة ما اتسممت! دلوقتِ جاية تقوليلي حلمت بيك؟ أنا مش شغال في نادي الجزيرة عشان أمي تيجيلي الشغل وقت ما تحب!

ـ ومين قالك إني جايالك بصفتي أمك؟!

قالتها بضيق وعصبية ورثتُهما منها، ثم أكملت:

ـ أنا جاية أقدم بلاغ، والظابط الرخم ده هو اللي قالي إنك هتعملي المحضر.

ـ فعلًا؟

قلتها متشككًا، ثم سألتها:

ـ بلاغ إيه يا دكتورة؟

ـ محفظتي، قصدي شنطتي، شنطتي اتسرقت.

نظرتُ إلى حقيبة يدها الموضوعة أرضًا بجوار كرسيها.

أتظنني حقًّا بهذا الغباء؟

ـ شنطتك دي؟

ـ لأ.

وارتبكت مفكرة في كذبة أخرى:

ـ شنطة تانية.

ـ تمام. مين بقى اللي ضربك كده؟

لمست كدمتيها بأطراف أناملها برفق وكأنها تحنو على نفسها، ثم أجابت مترددة:

ـ الحرامي.

ـ متأكدة إن الواد اللي لسه مثبتك هو اللي ضربك؟

هزت رأسها منكسرة مؤكدة المعلومة.

ـ إنتِ بتكدبي.

رمقتني مستنكرة وقاحتي، لكني أوضحت:

ـ آسف! بس مش الحرامي اللي ضربك. الكدمات دي قديمة، مش من النهارده!

تلجلجت وتلعثمت:

ـ أنا جايالك عشان ترجعلي شنطتي، دي فيها حاجات مهمة، و...

قاطعتها بثبات:

ـ ضربك ليه؟

ـ هو مين يا ابني؟

ـ اللي اتجوزتيه بعد استشهاد أبويا!

ـ تاني يا نوح القصة دي؟

ـ أبويا عمره ما هانك، ولا حتى رفع صوته عليكِ، شايفة ده عمل إيه؟

ـ إنت شمتان فيَّ؟

ـ أنا عمري ما أشمت فيكِ. إنتِ كرامتك من كرامتي.

ـ كان سوء تفاهم. هو كل ما بيشرب بـ...

ـ دكتورة سعاد اللي حافظة كتاب ربنا وحاجة بيته تلات مرات متجوزة صاحب كاس؟

ـ محدش فينا ما بيذنبش، أنا عاملة اللي عليَّ وبادعيله بالهداية.

ـ ومن هنا لحد ما ربنا يسمع منك، هتسيبيه يعمل فيكِ كده كل ما يسكر؟

نظرت إلى الأرض وراحت تبكي بهدوء.

لم أستوعب أن أمي صاحبة القلب القاسي تبكي أمامي بوجه تملأه الآلام وعينين تنطقان بالكسرة والحسرة.

نهضت عن مكتبي، ولملمت مفاتيحي وهاتفي وسجائري وقداحتي، فانتفضت في مكانها مرتبكة:

ـ رايح فين؟

لم أجبها، وخرجت من المكتب قاصدًا وجهتي.

* * *

إنها المرة الأولى التي أصل فيها إلى وجهتي في المعادي دون أن أضل طريقي، وكأن الغضب خيرُ مرشد.

تركت السيارة قبالة السوق التجاري الأشهر في حي المعادي، أمام باب المصحة النفسية ـ التي يمتلكها زوج والدتي الدكتور عاطف الهمشري وبعض شركائه ـ دون أن أركنها، فقط رفعت فرامل اليد وأخذت المفاتيح ثم صفعت الباب.

شققت طريقي في الحديقة مرورًا بمكتب الاستقبال ثم طرقة المكاتب وكأني أعرف المكان ـ على الرغم من أني لم أدخله من قبل ـ عن ظهر قلب، حتى أوصلني حدسي إلى مكتبه.

رأيت المترهل، واضع الفازلين على شعره المجعد، مرتدي نظارة والد الفيل بابار، جالسًا على مكتبه. تعجب من وجودي، وحاول إخفاء ذلك بابتسامة مرحبة مصطنعة:

ـ أهلًا يا نوح، إيه...

أخرسته اللكمة الأولى التي سددتها إلى عينه اليمنى، فأطارت نظارته. جذبته من قميصه، وقد ضاعف الأدرينالين والمرارة المتراكمة منذ أن اتخذ والدتي زوجةً، من قوتي، وإذ بي أسمع صوت أمي من خلفي، ولا أعلم متى تبعتني إلى هنا، هي وبعض الأطباء والممرضين:

ـ سيبه يا نوح! سيبه!

شعرت بها تستميت للتفرقة بيننا، لكني لم أعرها انتباهًا، حتى رأيت فردَي أمن يدخلان وأيديهما على الصاعق الكهربائي، وإذ بي أخرج مسدسي من جرابه موجهًا إياه نحوهما، صائحًا بنبرة آمرة أخضعتهما:

ـ مباحث!

توقفا في مكانيهما، ونظرا إلى عاطف، لكنه لم يعطهما الأمر بالرحيل، فتدخلت أمي:

ـ دي مشاكل عائلية، اطلعوا بره.

دفعتهما وأغلقت الباب، ولم يتبقَّ سوانا مع ذلك الخنزير. أعدت مسدسي، ولكمته اللكمة الثانية عند زاوية فمه، لتطابق كدمتاه كدمتَي أمي التي جذبتني من قميصي صائحةً:

ـ كفاية بقى! كفاية!

نظرت إلى الستيني المتألم وأمرته بنبرة ثابتة:

ـ طلقها.

صرختْ أمي فيَّ بغلٍّ:

ـ إنت بتعمل كده ليه؟! كل ده عشان اتجوزت؟! كل ده عشان ما مُتش ورا أبوك؟!

ـ إياكِ تجيبي سيرته على لسانك!

ـ ليه؟ قديس؟!

صحتُ بها منفجرًا:

ـ لأ، شهيد. أبويا كان وهيفضل بطل!

صاحت بغلٍّ دفين:

ـ بطل في شغله مش في بيته! أبوك ما كانش زوج مثالي. كانت عيشته ميري، وكلامه ميري، وطلباته ميري!

ضغطت على ضروسي في محاولة مستميتة للسيطرة على انفعالاتي، ثم همستُ بصوت خرج كفحيح الأفعى:

ـ اسكتي!

ـ مش معنى إني عمري ما اتكلمت قدامك، وخبيت دموعي اللي نمت بيها على خدي كل يوم في جوازي معاه، إنه ما كانش زوج وحش، كان أب ممتاز بس زوج بشع!

ـ باقولك اسكتي!

ـ إنت نسخة منه، معندكش إحساس، ومش بتفكر غير في شغلك ومركزك ومسدسك وعساكرك وسيطرتك على اللي حواليك وبس، مش قادر تشغل ده...

خبطت على صدري:

ـ مش قادر لا تسامح ولا تحس بغيرك ولا حتى تحب، لغاية ما ملامحك بقت حجر زي أبوك!

استدرت لأرحل مكورًا قبضتي حتى لا تفلت أعصابي

وأتهور، لكنها قفزت أمامي واستوقفتني وأكملت، وكأنها كانت تحلم بهذه المحادثة منذ أعوام:

ـ إنت عمرك فكرت أنا بامر بإيه ولَّا باعمل إيه عشانكم؟

صرختُ في وجهها أخيرًا:

ـ عشانا؟!

أجابت بجبروت:

ـ أيوه عشانكم. إوعى تكون فاكر إني صدقت فيلم الأكشن ده عشان محروق عليَّ وخايف على مصلحتي! دا إنت ما صدقت تلاقي ثغرة تدخل منها عشان تمشيني على مزاجك وتخليه يطلقني! الحق عليَّ، أنا غلطانة لإني جريت عليك أول ما يا دوبك بس حلمت بيك حلم وحش! خسارة الوقت والسنين اللي ضيعتهم في محاولات فاشلة عشان أحسَّن علاقتنا ببعض! بس خلاص يا نوح، اعتبر إن أمك حَصَّلت أبوك! من النهارده إنت يتيم الأب والأم!

أدارت ظهرها لي، وذهبت إلى زوجها، تمامًا كما فعلت حينما كنت طفلًا وأرسلتني إلى جدتي حتى تنعم بالحياة مع ذلك الذي أهانها اليوم! تركتني وقد حاولتُ أن أسترد كرامتها وأرد اعتبارها!

انسحبت من أمامهما بمزيج من الكسرة والغضب، وخرجت.

* * *

وصلت إلى سيارتي فدخلتها ثم صفعت بابها بعنف.

مكثت ثواني في حالة من الشرود، متجاهلًا المارين حولي الذين يرمقونني بغضب لتعطيل الطريق.

لماذا ظننتُ أنها ستصير أقل أنانية؟

لماذا ظننتُ أنها لن تسيء إلى والدي ثانية لتبرر لنفسها تخليها عني؟

لماذا ظننتُ أنها لن تؤذيني كما آذتني صغيرًا معتبرة أني ملبوس ودارت بي على الدجالين والمشعوذين ليخرجوا ما ظنته جنيًا تلبسني وجعلني أبصر أرواح الموتى؟

لماذا تخيلت أن التي هجرتني طفلًا ستتمسك بي شابًا؟

والأهم من ذلك، لماذا لم أُخرج كل ما في صدري من غضب وثورة في وجهها بدلًا من كبته بين ضلوعي والشعور بتلك الحسرة المؤلمة، والاكتفاء بالضغط على فكَّي اللذين التهبا وكادت تتفتت ضروسهما؟

رُحت أصبُّ جام غضبي على مقود السيارة، فكورتُ

قبضتي وظللت أخبط عليه خبط عشواء، فتصاعد صوت البوق مع كل خبطة، وراحت بعض قطع من المقود تتطاير حتى خرب البوق تمامًا، وظل صوته يدوِّي بلا توقف، وكأنه ينذرني لأتوقف عن خبطه، ثم شعرت بالوخز في يدي وأصابعي وقد دميت، فألقيت برأسي فوق المقود لاهثًا، وكأني أنهيت سباق الألف ميل، وكنت أتصبب عرقًا، وإذ ببابي الجانبي يُفتح، فالتفت لأجد دليلة تدخل حاملة حقائب تسوُّق، وعلى وجهها هلع بيِّن:

ـ فيه إيه؟

حملقتُ فيها بلا رد، فنظرت إلى يدي المجروحة برعب، وألقت حقائب التسوق في الأرضية، وسارعت بإخراج مناديل مبللة من حقيبتها، ومسحت الدم عن يدي:

ـ عملت في نفسك كده ليه؟ إيه اللي حصل؟!

نظرت إليَّ طالبةً إجابة، لكني لم أجدُ صوتي ولم أستدل على كلمات.

تنهدت في محاولة لتهدئة روعها، ولتتدارك الموقف:

ـ أنا كنت طالعة من المول وشُفتك خارج من المستشفى دي متعصب. إنت ليك حد جوه؟

ظللت أنظر إليها شاعرًا بأنني أتآكل وأتقطع من الداخل.

زاد قلقها، لكنها حاولت أن تتحلى بالصبر والهدوء، فوضعت يدها على وجنتي بحنان لم ألمسه في أمي يومًا، وهمست:

ـ أنا هنا.

خفتت ضجة بوقي الذي خرب، وصوت السيارات من حولنا، وكل الضجيج الذي يسود الشارع، وكل الألم الذي في رأسي، والأسى الذي ينبض به قلبي، وإذ بي ألقي بنفسي بين ذراعيها، لتتحسس شعري وتربت على ظهري وتقبِّل جبيني، كأني رضيعها.

انهمرت أمطار السكينة التي بعثتها لي روحها، لتطفئ لهب الحسرة بداخلي، وكأن ثقبًا أسود قد ابتلع كل المشاعر التي تركل أحشائي بوحشية. لم أصدق... لم أصدق أنني أبكي في حضن امرأة دون أن أشعر بالخزي، أو العار، أو التقليل من نظرتي الذكورية إلى ذاتي. ولم أتخيل أن العناق خير دواء، وأن البكاء بين ذراعَي من تحبك هو حقٌّ للرجال أيضًا.

درت حول الميدان نفسه ما لا يقل عن خمس دورات، حتى قررت أن أدخل شارعًا جانبيًّا ضيقًا، وأركن السيارة تحت الأشجار المتعانقة ليستظل بها كلانا.

لا أعلم إن كانت قد فهمت شيئًا مما تمتمت به لها، لكني لم أبكِ هكذا منذ استشهاد أبي، حتى وقتها تعمدت أن أبكي بمفردي في غرفتي لكي لا يشعر بي أحد، فهكذا علمني أبي، علمني أن البكاء من شيم النساء، ولكن ربما كان مُخطئًا، فما البكاء سوى تهذيب للنفس الغرور والذات المتعالية التي توسوس لصاحبها بأنه لا يُهزم ولا يُكسر، كحجر اختال بنفسه حتى أتت السيول ونخرته وأزاحت كبرياءه.

اليوم انقشعت الغيوم، وصفت السماء، وأشرقت الشمس الدافئة، لتربت على كتفي، وتضمني، وتعانق ضعفي، وتنصت إليَّ، وتحتوي مشاعري المتناثرة.

التفت إلى المرآة الجانبية حتى أغلقها كي لا ترتطم بها السيارات المارة، فلمحت منظر عينَي الدامعتين المتورمتين من فرط البكاء، وقد زادني منظري الحزين حزنًا.

مددت يدي نحو درج التابلوه، وأخرجت نظارتي الشمسية، لكن دليلة أمسكت راحتي ومنعتني من ذلك، وكأنها ترفض وجود أي حاجز أو غطاء يمنع تلاقي نظرينا.

تركت النظارة، وبحثت عن سجائري، حتى أقلل من وطأة هذا التوتر.

ـ كان لازم تخرَّج اللي جواك. الحالة اللي إنت فيها دي عشان فضلت سنين ساكت.

أشعلت سيجارتي وتكلمت بصوت رزين:

ـ كنتِ عايزاني أعمل إيه يعني؟

ـ تِحن على نفسك شوية بدل ما إنت نازل فيها جلد كده.

ضحكتُ ساخرًا بمرارة:

ـ أصل أنا قلبي حجر زي أبويا!

صمتت لثوانٍ وهي تنظر إليَّ بحنان:

ـ عارف أنا حبيتك ليه يا نوح؟ مش عشان قصتنا القدر كان حاسبها بالشعرة، وإن كل الظروف اتشكلت عشان نكون سوا. أنا حبيتك عشان الدنيا قسيت عليك، بس إنت فضلت حنين. إنت اتحرمت من الأب اللي هو الأمان والسند، ومن الأم اللي هي الحنان والدفا، بس برضو قدرت تكون ليَّ أمان ودفا.

ضحكت:

ـ ما هو بابا ما اختاركش ليَّ من فراغ يعني!

لماذا عقلي يزخر بالأفكار ولساني يعجز عن الكلام؟!

اجتاحني شعور بأني لا أستحق حنانها، فقد أفقدتها

صوابها بالأمس، وكنت سخيفًا غليظًا، وها هي تقابل قسوتي بحنان وتفهُّم لفوضاي العاطفية.

قبَّلت يدها قائلًا:

ـ أنا آسف يا دليلة ع اللي حصل المرَّة اللي فاتت و...

ـ مش وقته يا نوح.

ـ لأ وقته. أنا مش عايزك تشيلي جواكِ حاجة من ناحيتي.

ـ أنا مش شايلة منك، أنا بس خايفة. إحنا كل ما نتكلم عن علاقتنا جَد تهرب من الموضوع بالهزار، لحد ما حسيت إنك مش شايفلنا مستقبل سوا!

نظرت إليها متفاجئًا وشاعرًا بالذنب.

يا لي من أحمق يظن نفسه عالمًا ببواطن الأمور وهو لا يدرك سوى قشرة من مشاعر حبيبته.

ـ أنا آسف! أنا آسف إني وصلتلك إحساس زي ده! بس أنا عمري ما...

ـ عارفة. أنا بس نفسي تفهم إن بدل ما تكتم وتتعصب وفي النهاية تطلَّع مشاعرك بطريقة سلبية تِوجد بينا جفا، مش عيب ترمي نفسك في حضني أول ما الدنيا تتعافى عليك. أنا مش هاعايرك بأي لحظة ضعف أو خوف! أنا صندوقك الإسود يا نوح!

عجزت ثانية عن الكلام، فتركت لعينَي العنان، فكلانا يتقن لغة الأعين وإيصال ما يعجز اللسان عن توصيله.

قبَّلت يدها، في اللحظة نفسها رن هاتفي باسم قطز، ليقطع الهدنة الوحيدة التي حصلت عليها في يومي.

لم أرد عليه، فعاود الاتصال مرتين، فأجبته مضطرًّا:

ـ انجز يا عم الخازوق!

ـ تعالَ القسم فورًا. عندنا ضيوف.

※ ※ ※

كان قطز واقفًا في الطرقة أمام باب مكتبنا يدخن سيجارته على عجل، ويتحدث في هاتفه بنبرة تؤكد أنه يخاطب محبوبته ذات الابتسامة الكئيبة آسيا خضر، بينما وقف عم حمدي حاملًا صينية عليها فنجان من القهوة وزجاجة مياه معدنية أعرف أنها لا تخرج إلا للضيوف المهمين.

أخبره قطز وهو يشير إليَّ أن أُسرع:

ـ حُطلها الحاجة واقفل الباب. محدش يهوِّب ناحية المكتب.

ـ أوامرك يا باشا.

ابتلع الأنفاس الأخيرة من سيجارته قبل أن يخمدها في

٢٠٦

المرمدة الطويلة المستندة إلى الحائط، ثم اقترب مني وهو ينهي المكالمة، قائلًا بنبرة متعجلة:

ـ عملت إيه مع طنط سعاد؟

ـ مش وقته. إيه اللي حصل؟

ـ المعمل الجنائي أكدوا إن بخاخة الربو بتاعة دينا فيها حمض البروسيك، ومتركبة بنفس طريقة فيب سهر، بس الجديد إن حسني لقى شعرة مقصَّفة مشبوكة في زرار البخاخة.

ـ يعني إحنا معانا حمض نووي نقدر نعرف بيه هوية القاتل؟

ـ باقولك شعرة مقصَّفة، يعني ملهاش جذر، جذر الشعرة هو اللي بيعرفنا هوية القاتل الفردية لكن الشعر المقصَّف مفيهوش غير حمض ميتوكوندري.

ـ قطز! أنا مش فاهم حاجة من كلام «ناشيونال جيوغرافيك» بتاعك ده!

ـ لأ، إنت تصحى كده عشان القضية دي كلها قايمة على كلام علمي ونتايج المعمل الجنائي. الحمض الميتوكوندري بيظهر في الشعر المقصَّف والسنان والعضم. وبعكس

الحمض النووي اللي في الدم واللعاب وجذور الشعر وأنسجة الجلد، الميتوكوندريا بتكشف بس جنس صاحبها، راجل أو ست، وهل توجد قرابة من ناحية الأم ولَّا لأ، فمثلًا الأخوات والأحفاد هيبقوا عندهم نفس الحمض الميتوكوندري. فهمت حاجة؟

ـ قصدك هنقدر نعرف هما قرايب من الأم ولَّا لأ، ونعرف جنسهم بس، لكن مش هنعرف هما مين بالتحديد؟

ـ بالظبط. الشعرة المقصَّفة اللي لقيناها دي قارناها بشعر سهر ودينا فما طلعتش متطابقة.

ـ يعني القاتل مش قريبهم من ناحية الأم، وده ينطبق على حسين.

ـ لأ، ما ينطبقش عليه، لأن الشعرة طلعت بتاعة واحدة ست.

ـ شُفت؟ إن أنا عندي حق من الأول، اللي عملتها واحدة ست.

ـ أيوه يا سيدي ست. خد بقى المعلومة دي، بعد ما أقصينا بصمة دينا وحسين عن البخاخة، لقينا بصمة جزئية مجهولة الهوية.

ـ يعني فيه حد رابع في الصورة غير سهر ودينا وحسين؟

ـ مظبوط، بس عارف بقى مين اللي هيدلنا عليه؟

ـ أكيد الضيف المهم اللي قاعد عندك في المكتب وإنت منزِّله ميه معدنية. يطلع مين بقى؟

ـ غادة الشماع!

ـ ودي عايزة إيه؟! أنا كنت لسه عندهم في البيت والمفروض كانت راقدة في السرير و...

ـ مش عارف يا نوح، ادخل شوفها عايزة إيه عشان أنا لازم أروح مشوار مهم دلوقتِ.

ـ وحياة أبوك يا قطز ده مش وقت راندفوهات مع آسيا!

ـ راندفو إيه يا تافه؟! آسيا ابنها عنده مشكلة في القلب مولود بيها، وأنا رايح معاها للدكتور، الراجل الحقيقي ما يبانش غير في الأوقات دي. شوف إنت غادة وأنا مش هاتأخر.

* * *

ارتشفت قهوتها برقة كونتيسة إسبانية في منتصف الأربعينيات، وهذا لقب يناسب ملامحها الأندلسية التي زادها الحزن والرثاء هيبة.

كانت المرَّة الأولى التي أرى فيها المذيعة الشهيرة غادة

الشماع من دون شعرها المستعار ذي اللون الأحمر المائل إلى الأرجواني. كان شعرها الطبيعي أسود هشًّا، تتخلله بضع خصلات رمادية فشلت في ستر خفته. إن كانت تلك المليونيرة عاجزة عن معالجة قلة كثافة شعرها فماذا أفعل أنا؟!

ـ أنا مش حابة إن عامر يعرف إني اتكلمت معاك. ما ينفعش يوصله إني باساعدك!

قالتها وهي تضع الفنجان فارغًا فوق المكتب، فسألتها مندهشًا:

ـ وإيه اللي يخلي جوزك مش عايزك تساعدي الشرطة تقبض على اللي قتل بناتكم؟!

ـ لأنه مش قادر يتقبل حقيقة إن اللي قتل بناتي، هي بنته من مراته الأولى!

ألقت غادة نظرة على مكتب قطز المرتب الذي تتوسطه رواية «السيانيد»، وعلى ظهر غلافها كُتبت نبذة عن الرواية تليها نبذة عن المؤلفة آسيا خضر، وتعلو النبذتين صورةٌ كئيبة لها بالأبيض والأسود.

ابتسمت ساخرة وهي تسألني:

ـ حتى إنت بتحب آسيا خضر؟

ـ مش أنا. بس خلينا في موضوعنا، مين بنت عامر من مراته الأولى؟

ـ آسيا خضر. هي دي بنت جوزي اللي سممت بناتي!

١٢

لم أُخطر قطز، توجهت بمفردي إلى فيلًا عتيقة من طابق واحد، يحيطها سور متداعٍ، ولون دهانها رمادي تهاوت معظم قشوره، والنباتات الرخيصة والحشائش الذابلة تنتشر في حديقتها الضيقة.

كان باب حديقة فيلًا آسيا الصدئ مفتوحًا، فقررت أن أعبر منه وصولًا إلى الباب الأمامي.

ـ أهلًا وسهلًا.

قالها صوت عذب أتاني من يساري، فالتفت لأجد سيدة ربما أنهكها العمر لكنه لم يُبدد حسنها.

كانت رشا، لكن بدا شكلها مختلفًا كثيرًا، الملامح نفسها، لكن الهالة والتعبيرات مختلفة، فعوضًا عن شعرها الأسود الطويل اللامع، أصبح شعرها رماديًا قصيرًا، ووجهها نحيفًا، يستحيل أن يكون قد تغير هكذا منذ عيد ميلاد

ابنَي نادية الذي لم يمر عليه سوى ثلاثة أيام! لقد صارت عظام وجنتيها ناتئة، وتلاشت ابتسامتها المبهجة لتحل محلها تعبيرات باردة جافة، تمامًا كآسيا!

كان قوامها النحيف قعيدًا على كرسي متحرك، لذلك لم أرها بوضوح من خلف سياج سور الحديقة، حيث جلست في الركن ممسكة بيدها التي يغلفها قفاز طبي بلاستيكي، فأرًا ميتًا أخرجته لتوِّها من مصيدته بعد أن ابتلع الطُّعم، ولم تبدُ عليها أي علامات اشمئزاز أو انزعاج من إمساكه.

ـ مساء الخير. سلامتك يا رشا!

ضحكت قائلة:

ـ أنا راوية توأم رشا. رشا جوه. أقولها مين؟

حسنًا، هكذا يبدو الأمر أكثر منطقية. بالطبع هي شقيقتها التوأم وليست رشا نفسها، فالاختلاف واضح، لكن ربما بسبب كثرة الإرهاق وقلة النوم فقدت تركيزي.

ـ نوح أخو نادية.

قلتها وأنا أحدق بها مشمئزًّا، وهي تضغط على الفأر وتضعه في كيس بلاستيكي.

ـ شكلك بتخاف من الفيران.

قالتها بثقة. من الواضح أن نظراتي فضحت مشاعري، فهززتُ رأسي مبررًا:

ـ باقرف منهم!

ـ أنا ورشا كنا بنلعب بيهم في الكلية.

ـ سمعت إنكم كنتوا في كلية علوم.

ـ مظبوط. آسيا اللي قالتلك؟

ـ لأ، غادة الشماع.

رمقتني بحدة وهي تخلع قفازها وتلقيه في داخل الكيس نفسه مع الفأر، ثم تربط الكيس، وقالت:

ـ كان المفروض تقدم نفسك بوضوح. إنت جاي بيتي بصفتك نوح الظابط، مش نوح أخو نادية صاحبة آسيا!

ـ أنا جاي عشان غادة الشماع بتتهم آسيا إنها قتلت بناتها الاتنين!

ـ هو اتهام الناس بالتسميم بقى بالساهل كده؟!

ـ عرفتِ منين إنهم ماتوا مسمومين؟

ابتسمت راوية ساخرة، ثم أوضحت بغرور لا يختلف كثيرًا عن غطرسة طليقها:

ـ أنا بنت البروفيسور عاصم توفيق، والأولى على دفعتي أربع سنين، وعاملة دراسات ما عملهاش حد في بلدك! أنا حافظة الكيميا والسموم زي كف إيدي! تفتكر مش هاعرف أعراض التسمم بغاز السيانيد اللي كان من أهم المواد اللي باتعامل معاها وأنا بابني المصنع لعامر البغل؟!

ـ نفس الغاز اللي عامر اتسمم بيه سنة ١٩٩١.

ـ قصدك اللي سممني بيه!

دفعت كرسيها حتى مكب النفايات لتلقي بالفأر، بينما سألتها متحيرًا:

ـ محتاج إنك توضحيلي.

ـ سنة ١٩٩١ عامر لعب في تركيبة المبيد وإحنا بنجربها، وسممنا إحنا الاتنين. هو كان واحد المضاد السُّمي وعامل كل احتياطاته، إنما أنا زي ما إنت شايف!

قالتها مشيرة إلى ساقيها، وأكملت:

ـ ربنا نجدني من الموت، بس من يومها وأنا ما وقفتش على رجلي تاني!

ـ إنتِ كنتِ مراته، إيه الغرض من إنه يتعمد تسميمك؟

ـ بابا قبل ما يموت كان مأمِّن على حياتي أنا ورشا بمبلغ كبير، وعامر وقتها كان مزنوق في فلوس، فحاول يقتلني ويخلي الموضوع كأنه إصابة عمل غير مقصودة. ما اكتفاش إنه أخد ورثي كله وأنا عايشة عشان يبني بيه المصنع اللي ما طلعتش منه بجنيه أصرفه حتى على علاجي، كمان كان عايز يقتلني عشان يتمتع بفلوسي وأنا ميتة هو والحشرة اللي متجوزها! غادة كانت حتة سكرتيرة في المصنع، اتجوزها سنتين في السر، وأول ما أنا قعدت على الكرسي وبقى ضامن إن الفلوس والإدارة كلهم يخصوه، طلقني وأعلن جوازه منها لما حملتله في أول طفل!

ابتسمت بمرارة:

ـ رمونا أنا وبنتي رمية الكلاب! ودلوقتِ كمان عايزين يشنقوها؟! إنت شايف إن ده عدل؟!

ـ أنا مش بادور على العدل. أنا بادور على الحقيقة!

ـ الحقيقة إن بنتي عمرها ما تئذي حد.

ـ بس مش ده اللي المحاضر بتقوله. رشا وآسيا اتعرضوا لغادة وبناتها كذا مرة، واتعملتلهم محاضر عدم تعرُّض.

ـ مش حقيقي. آسيا ما عملتش حاجة غير إنها طلبت

من أبوها فلوس عشان عملية ابنها. طاهر عنده مشكلة في القلب مولود بيها، وتكاليف العملية تفوق طاقتنا المادية. إحنا عمرنا ما طلبنا منه قرش غير لما جوز آسيا الله يرحمه اتوفى، و...

ـ راوية!

قالها صوت ناعس يخرج من باب البيت الأمامي، فنظرت لأجد رشا بمنامتها ذات الرسومات الكرتونية اللطيفة وفوقها غطاء خفيف.

كانت بالجمال الطفولي نفسه، لكنها منهكة، عيناها ذابلتان، ورأسها أصلع، ورموشها مختفية، وحواجبها منقرضة.

فهمتُ الآن لماذا كان الطبيب يمنعها عن الدقيق والسكر والملح، ولماذا كان شعرها يلمع أكثر مما ينبغي! لأنه شعر مستعار، ولأن رشا ذات الابتسامة المبهجة والصوت المرح مريضة بالسرطان وقد أنهكها علاجه.

ارتبكت حين رأتني، وعلى الفور رفعت غطاء منامتها فوق رأسها، فحاولت ألا أُربكها، وأبعدت نظري عنها تمامًا وهي تسألني:

ـ مش إنت أخو نادية؟ فيه حاجة حصلت؟ نادية كويسة؟

ـ نادية كويسة.

قالتها راوية بغضب، ثم أردفت:

ـ إحنا اللي مش كويسين!

ـ يعني إيه؟! طاهر وآسيا حصلهم حاجة؟!

ـ غادة الشماع بتتهم آسيا إنها سممت بناتها، والبيه جاي يحقق معانا زي ما آسيا بتكتب في رواياتها!

* * *

كانت رشا مضيافة بما يكفي لتعرض عليَّ الشاي والماء، على الرغم من فجاجة اتهامي لابنة أختها، لكني لم أكن أحمق حتى أرتشف رشفة واحدة منه، فلست مستعدًّا لتجرع السم مجددًا.

رن هاتفي باسم نادية، لكني تجاهلتها معيدًا الهاتف إلى جيبي، وانشغلت بتأمل حالة بيت آسيا المعدم.

لا تحف، ولا قطع فنية، ولا مكتبة عملاقة، ولا سجاد باهظ، بل كان ذابلًا تمامًا كحشائش الحديقة في الخارج.

لم أتوقع أن يكون هذا بيت كاتبة مشهورة ومرموقة، كما يقول قطز. كيف تكون من أشهر الكُتّاب وبيتها فقير هكذا؟!

لم يكن هناك شيء قيِّم في البيت البارد البسيط سوى إطار فضي بداخله صورة شاب وسيم، أسمر البشرة، كث الشعر، وقد بدا وجهه مألوفًا لي بعض الشيء، فظللت أحدق في الصورة المعلقة أمامي.

ـ تحب آخد شفطة من كوبايتك عشان تتأكد إننا مش حاطينلك سم؟

قالتها لي رشا بابتسامة ممازحة، فبادلتها الابتسام قائلًا:

ـ لأ. أنا بس عندي أنيميا فمش بادوس أوي في الشاي.

ـ فيه حاجة لفتت نظرك في الصورة؟ عندك حاجة تتهمه بيها هو كمان؟

قالتها راوية بحدة وهي تلاحظ نظراتي إلى الصورة المعلقة على الحائط، فأجبتها بهدوء جهلت مصدره:

ـ أنا بس باشبِّه عليه.

ـ حد ما يعرفش الشاعر والمترجم طاهر الشربيني؟! ده جوز بنتي الله يرحمه! مات وآسيا حامل في طاهر الصغير. لولا وفاته ما كناش لجأنا للندل اللي اسمه عامر!

تنهدت رشا قائلة بابتسامة طيبة:

ـ ما تزعلش مني يا نوح، إنت منورنا وكل حاجة، بس ممكن أعرف إزاي نقدر نساعدك؟

ـ نساعده؟!

قالتها راوية بحدة، ثم أتبعتها:

ـ نساعده يلف حبل المشنقة حول رقبة آسيا؟!

وكزتها رشا قائلة:

ـ ما يبقاش طلقك حامي! خلي الراجل يتكلم!

التفتت إليَّ مجددًا:

ـ سيبك من راوية خالص، وخلي كلامك معايا، وفهمني بالظبط إيه المطلوب مننا.

ـ أنا جاي أسمع رأيك بشكل ودي في اتهام غادة لآسيا. اللي فهمته منها إنك إنتِ وآسيا اتهجمتوا عليها وعلى بناتها الاتنين من شهر، وطلبتوا منهم فلوس، ولما رفضوا ضربتوهم وعملولكم محاضر عدم تعرُّض في القسم والموضوع اتطور لقضية.

ـ دي ست مفترية بنت...

قطعت رشا موجة غضب شقيقتها بأن قالت لها بهدوء:

ـ الشاي بِرد يا راوية. اعمليلنا دور تاني.

تبادلتا النظرات وكأن محادثة خفية تدور بينهما، ثم زفرت راوية ودفعت كرسيها نحو المطبخ لتتركنا بمفردنا.

تنهدت رشا وهي ترتشف الماء من الكوب قائلة:

ـ اعذر راوية. اللي شافته من عامر وغادة مش قليل. إنت أكيد رُحتله وشُفت القصر اللي عايش فيه هو ومراته. كل ده من وِرث راوية. كانت مغفلة جدًا لما عملتله توكيل بالتصرف في كل ممتلكاتها عشان يبنوا المصنع سوا. عامر البغل جه القاهرة وهو مبيَّع أمه المعزة اللي حيلتهم عشان تمن تذكرة القطر. راوية هي اللي لبسته بدلة، وعملتله مشروع، ونسبت ليه الفضل في كل أبحاثها العلمية. وإيه النتيجة؟ حاول يقتلها عشان يصرف التأمين على حياتها، ولما اتشلت رماها هي وبنتها واتجوز عيِّلة صغيرة، وبنى لنفسه معاها مستقبل من غير ما يبص وراه ولا يسأل حتى على آسيا بنته! وشوف البجاحة، حرم آسيا من الوِرث لما قررت تغير اسمها وتشيله من البطاقة عشان ما تشيلش اسمه بعد اللي عمله فيها وفي أمها!

ـ يعني المحاضر دي كانت افترا؟

ـ أبقى كدابة لو قلت آه. أنا وآسيا رُحنا القصر فاستقبلتنا غادة وبناتها وسمَّعونا أقذر كلام! ما استحملتش أشوف حد بيهين آسيا، فجبتهم هما التلاتة تحت رجلي،

ومحدش قدر يخلصهم من إيدي غير الأمن. لكن مش لدرجة إني ضربتهم ضرب مبرح يستحق ٢١ يوم علاج يعني!

اغرورقت عيناها بالدموع:

ـ أنا السبب! آسيا من ساعة ما غيرت اسمها في البطاقة وهي متبرية من أبوها وقسوته، ووعدت نفسها إنها مش هتمد إيدها ليه حتى لو هتموت من الجوع.

ـ أومال إيه اللي جد؟

ـ اللي جد إن أنا مرضت. اللوكيميا علاجها بيعدي ٧٠٠ ألف جنيه، وإحنا محيلتناش حاجة. آسيا باعت شقة الزوجية بتاعتها هي وطاهر بعد ما مات، وباعت عربيتها، وصرفت عليَّ كل اللي ورثته من طاهر! وكمان طاهر الصغير طلع عنده مشاكل في القلب ومحتاج عملية هتتكلف مش أقل من ١٧٠ ألف جنيه! منين بقى وهي صرفت اللي وراها واللي قدامها على علاجي؟

مسحت دموعها بظهر كفها مردفة بابتسامة خافتة:

ـ على فكرة، البيت ده إيجار قديم، لتكون فاكرنا عايشين في فيلَّا يعني! والكتابة مش جايبة هِمها مع كُتر المصاريف. عشان كده تواصلت مع سهر يمكن تقدر تدخَّلها مجال

كتابة السيناريو، أهو يجيلها مبلغ يساعد في أي حاجة، بس سهر استكترت ده عليها. وأبوها عمل إيه؟ بدل ما يساعدها وينقذ حفيده الوحيد من الموت، شجع مراته تتبلى عليها وتتهمها بقتل بناته، والبوليس في صفهم!

ـ أنا مش في صف حد. أنا بادور على الحقيقة.

ـ الحقيقة يا نوح إننا كلنا بنكره عيلة البغل نفر نفر، وبنتمنى ليهم كل شر، بس حبنا لبعض أكبر من كرهنا ليهم، فمستحيل آسيا تودي نفسها في داهية وتحرم ابنها منها عشان تئذي ناس كده كده ربنا هيجيبلنا حقنا منهم!

سمعت صوتًا أعرفه جيدًا يقترب من الباب، يصحبه صوت اهتزاز المفاتيح، ثم رأيت باب الفيلَّا يُفتح وآسيا تدخل برفقة قطز الذي يحمل طفلًا نائمًا أظنه في الثالثة من عمره، ويبدو في حالة صعبة وبيده الكانيولا.

حدق قطز فيَّ بنظرات ساخطة لم أرها من قبل، بينما وقفت آسيا مندهشة.

لم تكن خطتي أن يضبطني قطز متلبسًا في بيت حبيبته الجديدة، وأنا أستجوب خالتها مريضة السرطان وأمها القعيدة في جريمة قتل مزدوجة.

* * *

٢٢٤

خرجت أنا وقطز من البيت، وقد تبعتنا آسيا بعد أن وضعت صغيرها في فراشه وهي تقول موجهة نظراتها القاسية إلى قطز:

ـ هي دي خطتكم؟ تيجي معايا للدكتور عشان تلهيني، والبيه يستفرد بماما وخالتو ويستجوبهم؟!

ـ قطز ما كانش يعرف حاجة و...

ـ أنا وجهتلك كلام؟

قالتها آسيا بحدة مُربِكة مقاطعة حديثي، بينما نظر إليَّ قطز شزرًا، وقال:

ـ أنا فعلًا ما كنتش عارف حاجة و...

ـ حلو. خليني أنا بقى أعرَّفكم إنتو الاتنين حاجة، إحنا مش ستات مكسورة الجناح تقدروا تتشطروا عليهم لصالح عامر صاحب السلطة والمال! أنا مسحت أبويا من بطاقتي ومن حياتي كلها لما آذاني أنا وأمي، فما بالكم باللي ممكن أعمله فيكم لو فكرتوا مجرد تفكير إنكو تمسوا أهلي!

ـ آسيا، ممكن تهدي؟

قالها قطز بحنان، ثم أردف:

ـ اديني فرصة أفهم إيه اللي بيحصل عشان...

ـ افهم شغلك بعيد عني يا حضرة الظابط! لو قربت مني أو من عيلتي أقسم بربي هتشوف مني وش ما تتخيلوش حتى في ألعن كوابيسك!

ضربت الأرض بخطواتها الغاضبة، ثم دخلت البيت وصفعت الباب بقوة اهتز لها زجاج النوافذ الرديء.

لم أتخيل أن تخرج تلك الثورة الساخطة من الأديبة صاحبة الملامح الباردة والتعبيرات الرتيبة! ولم أرَ هذا الغضب في ملامح قطز الطفولية من قبل وهو يصيح فيَّ بنبرة لم أعهدها منه:

ـ إيه اللي هببته ده؟!

ـ أنا؟! إنت مش شايفها بتهددنا زي السفاحين إزاي؟!

ـ ما تغيرش الموضوع، اللقطة اللي عملتها دي تطلع من عيِّل واطي زي صلاح، مش من صاحب عمري أبدًا! على أي أساس بتنخرب ورا واحدة تهمني؟!

ـ على أساس إنها مشتبه فيها، والظروف كلها مش في صالحها!

ـ ده لأن تركيزك كله إنك تثبت إن آسيا هي اللي قتلت، مش إنك تلاقي القاتل الحقيقي!

ـ كلام فارغ! تقدر تفسرلي ليه ما قالتلكش إنك بتحقق في قضايا مقتل إخواتها؟

ـ مين اللي قالك إنها ما قالتليش؟!

ـ إنت كنت عارف إنها أختهم وما قلتليش؟!

ـ أيوه ما قلتلكش، لأني عارف إن أول ما أقولك هتشك فيها زي ما شكيت في دينا!

ـ وإحنا من إمتى بنخبي على بعض حاجات زي دي؟

ـ إنت آخر حد يتكلم في الموضوع ده!

ـ ما تفسر كلامك وتبطل شغل العيال ده! أنا عمري ما خبيت عنك حاجة!

ـ ده بأمارة إن فتون ماتت وبقت بتظهرلك؟

ـ ظهور فتون ملهوش علاقة بشغلنا.

ـ وأبو قرن برضو ملوش علاقة بشغلنا؟!

جفلتُ رغمًا عني، وشعرت أنني أكبر أحمق في المجرة. من السهل أن يعرف بشأن فتون، فربما أخبرته دليلة أو جدتي، لكن كيف له أن يعلم بشأن أبو قرن؟!

ـ إنت بتتكلم عن إيه؟

قلتها ببلاهة مصطنعة كاذبة، كان من السهل أن يكتشف صديق عمري زيفها، فابتسم ساخرًا وهو يقول بنبرة متهكمة:

ـ قشطة. خليك مخبي، وخليني ألعب دور الحمار اللي مش فاهم حاجة. أنا طول عمري باسمحلك تخبي اللي إنت عايزه وتصارحني باللي يريحك، لكن أنا مش هاسمحلك تودي الإنسانة اللي أنا مهتم بيها في داهية لمجرد إنك مقريف وعايز تكروت القضية!

تملصت من قنبلة أبو قرن، وتشبثت بالخيط الآخر من المحادثة مغيرًا دفة النقاش:

ـ أنا مش باكروت القضية، آسيا عندها الدافع المنطقي.

ـ هو أي حد مزنوق في قرشين هيقتل إخواته عشان يورثهم؟!

ـ ده مش كلامي. ده كلام روايتها. أنا قريت نبذة الرواية. أرملة صيدلانية بتسمم إخوات جوزها بغاز السيانيد عشان الموتة تبان إنها سكتة قلبية طبيعية، فابنها يورثهم بعد ما أكلوا عليه وِرث أبوه. لسه مش حاسس إن فيه رابط بين آسيا وبين موت إخواتها؟

ـ يعني عشان شوية تشابهات بين الرواية وبين الجريمتين

يبقى خلاص هي القاتلة؟ إنت شايف ده دليل دامغ يتقدم في النيابة؟

ـ أكيد لأ، بس لو مسحت الغشاوة من على عينيك هتلاقي أدلة. هي زارت الضحيتين كذا مرة فسهل تاخد البخاخة والفيب. أمها بتفهم كويس في السموم يعني مش صعب تحطلهم السم وترجَّع الفيب والبخاخة تاني. عندها الدافع والاحتياج المادي. فوق كل ده بقى هي كاتبة روايات بوليسية، والناس دي بتقضي يومها كله تتأمل الطرق الممكنة لقتل ضحاياهم عشان رواياتهم تبيع، وتاريخ البحث بتاعهم على جوجل والتفاصيل اللي بيذاكروها يأكدولك إنهم شوية مختلين عايشين وسطينا، فعادي جدًّا لو قتلوا بجد.

ـ يا سلام على الهبل! يعني أختك، اللي هي برضو كاتبة روايات بوليسية، مختلة؟

ـ طبعًا مختلة، وكلنا عارفين إننا هنيجي مرة نلاقيها دبحت طارق والولاد!

ـ ده وقت هزار؟

ـ ومش وقته ليه يا قطز؟! هي آسيا دي بنت خالتك؟!

ـ لأ، يا دوبك بس الإنسانة اللي بارسم معاها مستقبلي.

ـ مستقبل إيه يا متخلف وإنت عارفها من تلات أيام؟

ـ هو أنا لازم أبهدل بنات الناس معايا بالشهور بدون ما أوعدهم بحاجة زيك؟!

ـ ما تعكش في الكلام يا قطز!

ـ والنبي حد غيرك يتكلم عن العك!

تركني ثم عاد إلى فيلّا آسيا وهو يرمقني بنظرات غضب واشمئزاز لم أتخيل أن تصدر عنه يومًا، بينما رن هاتفي ثانية باسم نادية فأجبتها زافرًا:

ـ بتزنِّي ليه من الصبح؟

ـ سيب اللي في إيدك وتعالالي البيت فورًا!

١٣

أعتقد أن نادية هي أقصر شخص أعرفه، لكنها أرعب من قابلت منذ طفولتي!

انسحبت والدتي مبكرًا من حياتي، وكانت جدتي تدللني إلى حدِّ الإفساد، ولم يكن هناك من يلعب دور الأم الصارمة الآمرة الناهية سوى نادية. ليس فقط بحكم أنها تكبرني بخمس سنوات، بل لأنها جبارة ومفترية بالفطرة.

فور أن فتحت لي باب شقتها، جرتني إلى غرفتها، ثم أغلقت الباب علينا وأرهبت كل من في البيت حتى لا يقتربوا منا.

ـ هو إنت فاكر نفسك كبرت على إني أجيب العصاية إياها وأمدك على طـ...

ـ ما تحترمي سنك وتبطلي قلة أدب بقى!

ـ قلة أدب؟!

قالتها صارخة ثاقبة طبلتَي أذنَي، ثم راحت تركل ساقي بعنف، وقفزت لتطول شعري وتجذبني منه، وكأنني ما زلت طالبًا في الروضة، وصاحت توبخني:

ـ حد غيرك يتكلم عن قلة الأدب يا سافل يا عديم الرباية!

ـ نادية! قسمًا بالله أنا ساكتلك عشان راسك واصلة لكوعي بالعافية، أنا لو اتغابيت عليكِ مش هاعتقك!

ـ هتستطول نفسك عليَّ وتاكلني بوكسين زي ما عملت في أنكل عاطف؟!

ـ إنتِ عاملة الفيلم الهندي ده عشان أمك اشتكتلك مني؟

ـ لأ، عشان إنت بقيت بلطجي وردود فعلك بدأت تهب منك!

ـ وهي الدكتورة ما قالتلكيش أنا بلطجت على جوزها ليه؟

ـ قالت، بس برضو ده مش معناه إنك تكسَّرله العيادة وتضربه، وتطلعني ما عرفتش أربي قدام ماما وجوزها!

ـ وهي أمك كانت فين لما رَمِت مسؤوليتي عليكِ وإنتِ عيلة ما كملتيش خمستاشر سنة؟ كانت في الهاني موون مع جوزها اللي عامل وشها كيس ملاكمة، مش كده؟

ـ وأنا كنت اشتكيتلك يا حمار؟ ده إنت أخويا الصغير اللي زرع جوايا غريزة الأمومة.

ـ غريزة متوحشة!

قلتها بسخرية مريرة، فضحكت نادية رغمًا عنها، ثم جلست بجواري على الفراش وهي تعيد هندمة شعري قائلة:

ـ ما يستاهلش إنك تقلل من قيمتك عشانه!

ـ مش عشانه. عشان أمك صعبت عليَّ! عشان ما استحملتش أشوفها مكسورة!

ـ بمزاجها. إنت فاكر إن دي أول مرة يمد إيده عليها؟ فاكر إني ما وقفتلوش قبل كده وهي سمعتني كلام أحقر من اللي سمعتهولك بمراحل؟

ـ إنتِ؟ طب أقسم بالله لأروح لأمك و...

ـ لو مديت إيدك للغريق اللي مش طالب مساعدة هيشدك ويغرقك معاه. هي خلاص يا نوح، اختارته من زمان، وأنا وإنت اخترنا بعض، وكبرنا وكوَّنا لنفسنا حياة من غيرها، ما تجيش دلوقتِ تعطس على التورتة بعد ما زيناها!

ـ طب ما دام هي تمام وراضية، جاتلي القسم ليه؟

ـ أنا اللي قلتلها. طبعًا ما قلتلهاش تروح مكان شغلك، بس قلتلها تكلمك عشان كانت قلقانة عليك.

ـ قلقانة عليَّ من إيه إن شاء الله؟

ـ بقالها فترة قلبها مقبوض عشان بتحلم بالمحروقة فتون.

فركتُ عينَي متذكرًا أني لم أذق النوم منذ قرابة ثلاثة أيام بسبب تلك اللعينة التي تحوم في أحلام كل من أعرفهم، وكأنها هرة شرسة مستمتعة بمطاردة فأر شريد.

ـ كنت متخيلة يعني لو هي كلمتك ممكن الأمور تتحسن بينكم شوية، بس إنت شطحت زي التور!

ـ الدم غِلي في عروقي يا نادية، أعمل إيه يعني؟

ـ خليك شيك في غضبك، وبطَّل شغل الزرايب اللي إنت فيه ده!

ـ يا شيخة طولك ١٦٠ سم، ١٥٩ منهم لسان!

نهضت قائلة:

ـ ماشي يا ظريف. دي آخر مرة ماما تتصل بيَّ تشتكي منك. هالاقيها منك ولَّا من العفاريت اللي طوب الأرض بيشتكيلي منهم دول!

ـ عامةً أنا أصلًا كنت جايلك في شغل.

ـ شغل إيه ده اللي عايزني فيه؟

ـ آسيا خضر.

ـ أقسم بالله لو إنت كمان طلبت مني أخليها توقعلك على رواياتها هـ...

ـ روايات إيه يا نادية ده أنا أعمق حاجة قريتها كانت ميكي جيب! أنا عايز آخد رأيك فيها.

ـ عادي يعني. هي شاطرة وكل حاجة، بس أنا أسلوبي الروائي أحسن منها و...

ـ بغض النظر عن النفسنة اللي طفحت دي، قصدي كإنسانة.

ـ شوف، هي لاسعة شوية وعصبية وردودها على أي حد بينتقدها عنيفة جدًا، بس برضو أنا باقدر الحالة النفسية اللي هي فيها من ساعة ما جوزها مات، وخالتها جالها المرض الوِحش، وكمان مامتها على كرسي، وهي اللي مسؤولة عنهم. ده غير إنها ما عندهاش وظيفة بأجر ثابت جنب التأليف، فمعتمدة على دخل الكتابة بشكل كامل، وإنت فاهم يعني الروايات في الزمن المهبّب اللي إحنا فيه ده بتكَسَّب ملاليم! إنت بتسأل ليه؟ إيه دخل آسيا بشغلك؟

ـ بدون دخول في تفاصيل، فيه حد متهمها في قضية قتل.

ـ قتل؟! إنت بتهزر، مش كده؟

ـ من إمتى وأنا باهزر في شغلي يعني؟!

ـ ده مين المفتري اللي متهمها؟ هي آه طباعها حادة بس غلبانة، وبتطلع تطلع وتنزل على مفيش. إنت مقتنع بالتهمة دي؟

ـ أنا قريت كام صفحة من اللي بتكتبه فصدَّقت بصراحة، دي ماجستير في القتل.

ـ إنت عبيط يا نوح؟ هي عشان بتكتب روايات بوليسية تبقى خلاص سفاحة؟!

ـ مش شرط، بس اللي شغله مرتبط بالقتل أوي كده، قلبه بيموت، ولو عنده الدافع الصحيح ممكن...

ـ ممكن يقتل؟ مش هاقولك إنه من الغباء إنك تقول كده وأختك كاتبة روايات بوليسية قد الدنيا، بس تعالَ ناخدك إنت كمثال. سعادتك ظابط، وشغلك كله مع قتَّالين قُتلة وبتقعد مع المجرمين أكتر ما بتقعد مع عيلتك، معنى كده إن لو عندك الدافع هتقتل؟

اخترقني سؤالها المُربِك، حتى هممت أن تخرج من

الحجرة لتتركني بمفردي غارقًا في ذكرياتي الشنيعة، لكنها تراجعت عن الخروج قائلة:

ـ على فكرة يا نوح، أنا كمان حلمت بفتون النهارده.

* * *

ظهرت فتون في أحلام كل من أعرفهم، انتشرت فيها انتشار الطاعون، وجميعهم ينقلون إليَّ الرسالة نفسها: حلمت بفتون وهي تحاول تسميمك وتسميمنا معك.

طردت الفكرة عن ذهني وأنا أهز رأسي.

فتون لن تتمكن أبدًا من تسميمي وهي روح. قد تنفذ من جسدي وتكهرب أعضائي وتجعل أنفي ينزف من ضغط وجودها حولي، وقد تتلاعب بأحلامي فتحيلها كوابيس حالكة، لكن كل هذا لن يتخطى الأربعين يومًا، فالأرواح تطوف وتهيم على الأرض أربعين يومًا فحسب بعد وفاتها، وقد مضت عشرة أيام على وفاة فتون، وسأتحمل الثلاثين يومًا الباقية كمحارب مغوار.

هذا كل ما في الأمر يا نوح، لن تتمكن من إيذائك أنت أو أيٍّ ممن تحبهم.

ظللت أكرر تلك الجملة وأنا أركن سيارتي أمام القسم وأمشي في الممر، حتى دخلت مكتبي، فوجدت قطز

غارقًا في النوم على المكتب وسط تلال الأوراق ونتائج المعمل الجنائي وكل ما يخص قضيتَي سهر ودينا، فهو ما زال يحاول أن يجد ثغرة ينفي بها الشبهات كليًّا عن آسيا.

مشيت ببطء حتى لا أوقظه فيمقتني أكثر مما فعل في فيلَّا آسيا.

جلست على مكتبي، وأخذت ملف المعمل الجنائي، لعلِّي أفهم أي شيء فيه، وإذ بالباب يُركل وكأن قوات التدخل السريع تغزو المكتب، فانتفض قطز عن المكتب ولعابه يسيل، قائلًا بصوت مسموع:

ـ سم!

تبًّا! إنه يحلم بفتون!

الحمار الوحشي الذي رفس الباب كان صلاح الشُّبكي، وقد راح يهز قدميه ويزم شفتيه بضيق وهو ينظر إلى قطز وقد انطبعت على وجنته ثنايا قميصه الذي استند عليه أثناء نومه، ثم أطلق ضحكة ساخرة كقباع الخنازير البرية، ثم قال:

ـ اسم الله على قلب أمك، يا عَبد النسكويك.

تثاءب قطز، ثم فرك عينيه قائلًا في محاولة للاستفاقة:

ـ يا عم عايز إيه، الله يحرقك ع المسا!

ـ عايزك تشوف شغلك يا عويل منك له، بدل ما بلاغاتكم عمالة تتحول عليَّ. إنتو مش عارفين أنا شغال في إيه دلوقتِ. بوك مرات السفير البلغاري اتسرق. أسيب بقى القضايا الدبلوماسية دي وأمسكلكم شغلكم؟

حاولت ألا تصيبني عدوى التثاؤب من قطز، ورحت أسأل صلاح بعصبية:

ـ بلاغات إيه يا حبيبي؟! إنت مش شايف تل الورق اللي شغالين فيه؟!

ـ قصدك اللي نايمين عليه.

وقف قطز فاردًا ذراعيه نافضًا ما تبقى من خموله دون أن يلتفت نحوي، وكأني شبح خفي:

ـ يا جدع انجز. بلاغ إيه اللي اتحولك؟ خرمت دماغي!

ـ غادة الشماع لقوها ميتة في مكتبها، يا شباب نايمان ما داريان!

* * *

على الأقل، هذه المرَّة نعرف أين سنجد حمض البروسيك.

لا شك أنه في قلم الحبر الفضي الذي تقبض عليه غادة بأصابعها.

كانت غرفة مكتب غادة في فيلَّتها المهيبة تعج بفوضى تشي بوقوع شجار بالأيدي بداخلها، الغرفة يتوسطها مكتب من الزان، أطرافه مطعمة بالعاج.

كانت غادة تجلس على كرسيها الجلدي، وفي يدها قلمها الذي ضغطت على زِره فلعب الزِّر دور الزناد الذي قدح كبسولة التفجير، وبدورها تفاعلت مع حمض البروسيك المركَّز داخل أنبوبة الحبر، ثم تسلل إليها غاز السيانيد، فانكفأت على وجهها فوق مكتبها المهيب ممسكةً بالقلم السام في يدٍ بينما يدها الأخرى على لوحة مفاتيح حاسوبها باهظ الثمن، لتلقى خالقها خلال دقيقتين.

رُفِعَت كل البصمات عن الحاسوب، وشرع رجال البحث الجنائي في الإجراءات اللازمة، بينما أطلق مصطفى عنان أصابعه داخل القفاز الطبي ليضغط على أزرار لوحة المفاتيح لعله يجد ما يفيدنا في القضية.

لم أحبذ تشتيت رجال البحث الجنائي بالالتفاف حولهم كالخفافيش العمياء، كما يفعل قطز الآن وهو يتفحص ثنايا المكتب وتفاصيله بنظره دون أن يلمس شيئًا، وقد

تجلى الانزعاج على وجه حسني المستكاوي الذي كلما انحنى أو استدار وجد قطز فوق كتفه!

ـ بتدوَّر على حاجة يا قطز؟!

قالها حسني نافد الصبر، فأجابه قطز:

ـ لقيتوا أي حاجة فيها «DNA»؟

ـ لحد دلوقتِ مفيش غير شوية شعر مقصَّف في ضوافر غادة.

ـ يعني برضو هيكون حمض ميتوكوندري ومش هنستفيد حاجة!

سألتهما مستعيدًا معلوماتي التي جمعتها من ويكيبيديا صباحًا حول الحمض النووي:

ـ نقدر نقارن الشعر المقصَّف ده بالشعرة اللي لقيناها في البخاخة ونستدل على الشخص؟

ـ لأ.

قالها حسني منشغلًا بفحص أصابع غادة بحذر، ثم أكمل:

ـ حتى لو حصل تطابق فبرضو كل شعرة ممكن تبقى تخص شخص مختلف ما دام الشخصين قرايب من ناحية الأم. يعني الشعر ممكن يبقى لأختين، أو بنت وأمها، أو بنت و...

ـ يعني برضو ما استفدناش حاجة!

ـ اتقلع الرز.

التفت حسني إلى أحد رجاله صائحًا بحماس مفرط:

ـ قطنة وظرف ورق وحاوية ستايروفوم وملقاط بسرعة الله يباركلك.

زفر قطز هامسًا له بنبرة تمنٍّ:

ـ قولي إنك لقيت حاجة مفيدة!

ـ أنسجة جلدية وبقعة دم. غالبًا خربشت الشخص اللي كانت بتتخانق معه.

تهلل وجهي، ووجهت كلامي إلى قطز لعله يجيبني ويتوقف عن خصامي:

ـ يعني كده بنتكلم في حمض نووي كامل يبين هوية الشخص ده، مش كده؟

لم يجبني، ولم ينظر ناحيتي، بينما قال مصطفى وهو يطرقع علكته:

ـ مش محتاجين تحللوا عشان تعرفوا كانت بتتخانق مع مين.

نهض في اتجاهنا مقربًا منا حاسوب غادة وهو يقول:

ـ القتيلة كانت بتبعت إيميل لمحاميها فيه فيديو متصور بالكاميرا دي.

وأشار إلى مزهرية موضوعة فوق أعلى رف في المكتبة التي في يسار الغرفة، والتي اتضح أنها كاميرا خفية تصور الغرفة ١٨٠ درجة.

شغَّل لنا مقطع الفيديو، ولم يحتج الأمر أكثر من عشر ثوانٍ لنرى بعدها آسيا تقتحم الغرفة، بينما غادة جالسة على مكتبها، وقد صاحت آسيا:

ـ عايزة تشنقيني يا غادة؟! مش مكفيكِ إنك أخدتي مني أبويا ووِرث أمي؟! عايزة كمان تاخدي روحي؟!

ـ أيوه. ولو البوليس ما اتصرفش أنا اللي هاخد روحك بنفسي!

نهضت غادة عن مكتبها، واقتربت من آسيا صارخة بعنف:

ـ إنتِ اللي قتلتِ دينا وسهير! عامر حرمك من الوِرث فقلتِ لو مش هاعرف أورث أبويا يبقى أقتل بناته وأورثهم، مش كده؟

لم تتمالك آسيا نفسها، فلطمت غادة في رأسها بمنتهى الغل، فسقطت غادة أرضًا، بينما اختل توازن آسيا التي

لم تحسب أن لطمة الرأس تؤذي الضارب تمامًا كما تؤذي المضروب.

تراجعت آسيا بضع خطوات، لكنها سرعان ما اقتربت من غادة لتكمل معركتها، فراحت الأخيرة تجذبها من شعرها القصير وغرست أظافرها في عنقها.

صرخت آسيا، ثم ركلت غادة في بطنها وجذبتها من رأسها أرضًا وهي تصيح بأنفاس لاهثة:

ـ الفلوس اللي إنتِ وأبويا قاتلين نفسكم عليها هتكون عود الكبريت اللي هيولع فيكم في نار جهنم إن شاء الله! ابقوا خلوا الفلوس دي تنفعكم لما نتقابل في الآخرة!

ثم بصقت عليها وخرجت لتتركها تتأوه فوق الأرض.

بعد بضع ثوانٍ نهضت غادة، واختطفت هاتفها المحمول، وجلست على كرسي مكتبها، ثم اتصلت برقم ووضعت الهاتف أمامها.

ضغطت عدة أزرار على الحاسوب، ثم أخذت ورقة وقلم حبر.

قربت الورقة منها لأن الرؤية لديها تشوشت بسبب عراكها مع آسيا، ثم ضغطت على زر القلم ليخرج سِنه، لكنها لم

تتوقع أنه سيُخرج سمًّا ينهي حياتها وتلفظ بسببه أنفاسها الأخيرة، قبل أن تتحدث مع من استدعته على هاتفها.

على عكس توقعي، وجدت قطز يهمس لي في طريقه للخروج من غرفة المكتب:

ـ أنا رايح بيت آسيا لو ناوي تيجي!

١٤

دعست الفرامل منتظرًا أن يتحول لون إشارة المرور إلى الأخضر، بينما همس قطز بهدوء لا يناسب كون حبيبته صارت المتهم الأول في قضية غاز السيانيد:

ـ الفيديو بيثبت إنها فعلًا اعتدت عليها بالضرب، لكن ما بيثبتش إنها سممتها. ده دليل براءة مش إدانة.

ـ معاك دليل دامغ يثبت إن آسيا مش هي اللي وراها؟

ـ البصمة الجزئية الغريبة اللي لقوها على بخاخة الربو بتاعة دينا غير مطابقة لبصمة آسيا.

أخرج من جيبه ورقة ألقاها أمامي بضيق، موضحًا:

ـ مش إنت لوحدك اللي بتشتغل صولو. أنا أخدت قلم من عند آسيا وخليت الطب الشرعي يقارن البصمات، ما طلعتش متطابقة. عشان كده طلعتها من دايرة الشبهات.

ـ يعني رجعنا لنقطة الصفر!

ـ ذكاؤك خانك. مش عارف مين اللي قتلهم؟

قالتها ملكة الميلودراما والظهور المبتذل التي جعلت أنفاسي تتباطأ.

ظهرت فتون من العدم على الأريكة الخلفية لسيارتي، فنظرت إليها في المرآة الخلفية، متحدثًا لانعكاسها في المرآة:

ـ إنتِ يعني اللي عارفة؟

التفت قطز خلفه ليرى من أُحدِّثه، وبالطبع لم تلمح عيناه ما تراه عينايَ الأثيريتان، فقال متوترًا:

ـ فيه حد معاك؟

ـ سلِّم على طنطك فتون.

رأيت الهلع في عينيه، بينما قالت فتون بثقة مفرطة:

ـ طبعًا، لما يبقى عندك القدرة تدخل أي مكان وتراقب أي شخص، هتلاقي كل المعلومات اللي محتاجها. أنا عارفة مين اللي قتل سهر، ومين اللي قتل دينا، وغادة كمان.

اقتربت مني هامسةً كي تضيف تشويقًا مبتذلًا:

ـ وعارفة كمان مين اللي هيقتلك!

وضعت يدها على رأسي، فشعرت بألف فولت تصعق عقلي، وكأنه حكم بالإعدام!

لم أتمكن من كبح زمام الأدرينالين الذي سيطر على قدمي، فجعلها تضغط على دواسة البنزين بأقصى قوة، فارتجت السيارة وانطلقت

كاسرةً الإشارة وسط سيل السيارات في الاتجاه العرضي.
أتت سيارة من اليسار فارتطمت بنا، وركلت سيارتي بعيدًا إلى الحارة العكسية من الشارع العرضي، فتناثر زجاج نافذتي عليَّ، وارتطم رأس قطز بالزجاج الجانبي، ولم يتوقف الأمر عند هذا الحد!
أتت من جهة اليمين في تلك الحارة العكسية سيارة نقل محملة بالمواشي!
حسنًا، السيارة النقل لم ترتطم بنا كما يحدث في الأفلام، قائدها كان ذكيًّا محترفًا، فضغط على الفرامل قبل أن يطيح بسيارتي، ودارت السيارة النقل نصف دورة ليصبح صندوقها المحمل بالمواشي في مواجهة سيارتي، لكن السائق الذي كان يسير خلف السيارة النقل لم يكن بالمهارة نفسها، فارتطم بالسيارة النقل من الأمام، وإذا بالجواميس تتقافز من صندوق السيارة النقل كي...
نعم، كي تحط على سيارتنا الثابتة، لتكون هذه نهايتي؛ ميتًا تحت جاموسة!

* * *

انتفضت انتفاضة قوية، رافعًا قدمَي من على الأرض بشكل لا إرادي وأنا أصرخ:

ـ جاموسة!

ـ والله ما فيه جاموسة غيرك!

فركت عينَي بعدما تأكدت أن كل ما سبق انتفاضتي لم يكن سوى كابوس حاكته لي فتون حين غاصت عيناي في براثن نوم أسود لا راحة فيه ولا دعة. وقد وقعتُ فريسة لهذا النوم بينما كان قطز يتحدث معي عن دليل براءة آسيا.

بدأت أدرك محيطي تدريجيًّا.

أنا جالس على الكرسي المجاور لمقعد السائق في سيارة قطز.

نحن في سيارته، ولسنا في سيارتي.

هو الذي يقود، لأنني أخبرته في طريق خروجنا أني مرهق ولا طاقة لي على القيادة.

نحن في طريقنا إلى فيلّا آسيا.

ـ للدرجة دي مش فارق معاك؟ أنا سكت دقيقة بس، كنت إنت نمت وشخرت زي الشكمان الخربان!

قالها قطز، فأدركت أنه ما زال مستاءً مني بشدة.

أعطاني قطز تحليل المعمل الجنائي الذي يثبت عدم تطابق

بصمات آسيا مع البصمة الجزئية الغريبة على بخاخة دينا، وهو ما وافق حديثه معي في الحلم!

اعتدلت في جلستي متلفتًا حولي، لأتأكد أن فتون ليست في المقعد الخلفي، وأن كل ما أشعر به من ألم وتكسير في العظام هو نتيجة الإرهاق والنوم بوضعية خاطئة في السيارة فحسب.

تنفست الصعداء لغياب فتون، بينما رن هاتف قطز فاسترقت النظر لأجد اسم رشا يتوسط الشاشة.

ـ أيوه يا رشا. آلو. رشا!

سألته بفضول:

ـ فيه إيه؟

فتح سماعة الهاتف ليخرج الصوت ويسمعه كلانا:

ـ الحقني!

بدا الصوت كحشرجة اختناق كأن صاحبته تلفظ أنفاسها الأخيرة.

ضغط قطز على دواسة البنزين بقوة، فعاودتني لمحات من كابوسي الذي انتهى بموتي أسفل جاموسة ضالة، فقلت له:

ـ بالراحة.

ـ رشا. إيه اللي بيحصل؟!

ـ عا... عامر... عامر قتلهم!

* * *

ترك قطز سيارته في منتصف الشارع، أمام الرصيف الموازي لفيلًا آسيا العتيقة.

تخطينا باب الحديقة المفتوح، ولم يحاول حتى أن يضغط على جرس البيت، بل ركل الباب ركلة الداخلية الشهيرة، ليسقط الباب المتهالك أرضًا، ويمر قطز من فوقه. وحين دخلت، أدركت أننا دخلنا موقع جريمة!

ـ ما تلمسش حاجة!

قلتها لقطز الذي سحب مسدسه من جرابه متخذًا وضعية الهجوم، على الرغم من أنني أثق أن البيت خالٍ من أي قاتل، وأننا لن نجد سوى جثة.

تنقل من غرفة إلى أخرى، وطوَّقت أنا المكان بنظري، حتى لم يبقَ جزء لم نتفقده سوى السطح.

تقدمت قطز على السلالم الداخلية المؤدية إلى السطح، وتبعني هو بخطوات أسرع، حتى سبقني وركل باب

السطح، ليتفاجأ بمنظر توقعته سابقًا منذ أن سمعتُ حشرجة رشا على الهاتف.

كانت رشا ملقاة على الأرض، وفي يدها اليمنى الهاتف الذي حدثت منه قطز، وفي اليسرى قداحة ذهبية مميزة منقوش عليها اسم «البغل»، وبجوارها علبة سجائر مستوردة لم أرَ لها مثيلًا إلا في مكتب عامر البغل!

* * *

مضت سويعات وأنا أتنقل بين غرف البيت الخالي من أصحابه، بينما يتابع رجال البحث الجنائي عملهم.

جزء صغير من تفكيري كان مُنصبًّا على مكان راوية وآسيا وطفلها، والجزء الأكبر يصرخ بسؤال واحد: ما السبب الذي قد يجعل عامر يقتل ابنتيه، ثم زوجته، فشقيقة طليقته؟

صحيح أنه بدا باردًا غير متحسر على وفاة ابنتيه، لكن ليس إلى الدرجة التي تدل على أنه قتلهما.

تحفَّظ حسني على علبة السجائر، والقداحة التي لا شك أنها تحمل السم الذي أنهى حياة رشا المرحة، بالطريقة نفسها التي انتهت بها حياة سهر ودينا وغادة. وطفت أنا في البيت للمرة الأخيرة بعد أن انتهى رجال البحث الجنائي من عملهم ووضعوا شرائطهم حول سطح البيت المتهالك.

٢٥٣

دخلت غرفة رشا التي انتهت رحلة علاجها ومقاومتها نهاية درامية، أظن أنها لا تستحقها.

كانت الغرفة كغرف المراهقات التي تنتشر فيها صور مطربي البوب الأمريكيين، وبعض الصور الشخصية التي تجمعها مع أختها التوأم وآسيا، ليتضح أن ابتسامتها كانت مصدر البهجة الوحيد لهذه الأسرة المنكوبة.

كانت الصورة الأكثر تأثيرًا في نفسي، هي الصورة الموجودة على منضدة بجوار فراشها، ذات الإطار البسيط، ويظهر فيها ثلاثتهم، رشا وراوية وآسيا، في أحد صالونات التزيين.

راوية قصت شعرها قصيرًا، وكذلك آسيا، وكلٌّ منهما تمسك بالشعر المقصوص، وتضعان جزءًا منه على رأس رشا الذي جرَّده الكيماوي من الشعر! لهذا كانت لآسيا وراوية قصة الشعر القصير نفسها، لأنهما تبرعتا بشعرهما لرشا!

التفت إلى طاولة التزيين الخاصة برشا، الموضوعة عليها رؤوس عرائس كبيرة، رأس عليه باروكة من الشعر الطبيعي سوداء متوسطة الطول، وآخر عليه باروكة من الشعر الطبيعي أيضًا رمادية طويلة أعتقد أنها لتوأمها راوية. شعرت بحركة في الطرقة المجاورة لغرفة رشا، فخرجت

لأجد صديقي الطويل ممسكًا ببضع أوراق جرى تدبيسها داخل ملف أوراق شفاف.

لم يطأ قطز الفيلَّا طوال وقت عمل رجال البحث الجنائي، ولم يحاول النظر إلى وجه رشا المتورم فوق أرضية السطح، بل راح يجلس في سيارته وهو يدخن بحزن، ثم يخرج ليقف خارج سور الحديقة بعيدًا بما يكفي كى لا يلوث مسرح الجريمة بدخانه وأعقاب سجائره ودموعه التي ظن أنه لن يلمحها غيره.

ـ حسني قالي إنهم لقوا شعرة لها جذر في قلم الحبر بتاع غادة، هيقارنوها بشعر آسيا اللي خدوه من فرشة شعرها.

ـ كويس. كده هنقدر نبعد عنها الشبهات تمامًا. بلغتها باللي حصل؟

ـ آسيا في المستشفى مع أمها اللي دخلت في غيبوبة سكر بعد الأخبار الزفت اللي إنت نقلتهالهم الصبح! مش هينفع أقولها خبر أسود من كده!

نظرت إلى ملف الأوراق الشفاف الذي بيده، في محاولة لعدم الاستغراق في الحديث عن كم الأذى الذي سببته زيارتي الصباحية لفيلَّا آسيا، وقلت:

ـ إيه ده؟

ـ دليل إدانة عامر. سهر ودينا وغادة كانوا رافعين عليه قضية حجر. وده ملف القضية اللي بسببه عامر قرر يقتلهم كلهم بنفس السم اللي حاول يقتل بيه راوية عشان ياخد تأمينها على الحياة. واضح إن رشا كانت شاكة فيه، ونخربت وراه، ولقت الملف ده وواجهته بيه، وعشان كده قتلها زي ما قتل بناته.

تصفحت الملف محاولًا استيعاب ذلك المنعطف الجديد في القضية، وقلت له:

ـ لقيته فين؟

ـ على سرير رشا.

أغلقت الملف قائلًا:

ـ هاعمله ضبط وإحضار.

ـ أنا خلاص طلبت من الشباب يجهزوا أمر الضبط، وهاروح أجيبه بنفسي من قفاه.

ـ لأ، إنت هتروح لآسيا وتفضل جنبها لحد ما راوية تفوق. بلاش تعرف خبر وفاة رشا وإنت مش جنبها.

نظر إليَّ ممتنًّا، ثم هز رأسه دون أي تعليق، ورحل.

١٥

عُدت إلى القسم بمفردي، وحين فتحت باب غرفة مكتبي وجدت عامر البغل جالسًا على مقعدي، واضعًا ساقًا فوق أخرى، مرتديًا نظارته الذهبية، وهو يقلب الملفات والأوراق أمامه على المكتب بضجر، وقال لي من دون أن يرفع نظره نحوي:

ـ حلمت إنك جاي تلبِّسني الكلابشات، قلت آجيلك بنفسي أشوف إيه الحكاية دي!

أمرته أن ينهض عن مقعدي، فلم يُعلِّق واحتفظ برأسه شامخًا وهو ينهض من فوق المقعد.

جلست في مكاني، وهو واقف في منتصف الغرفة يتحسس طرف مكتبي الذي وجد عليه بعض ذرات التراب، فقال ممتعضًا:

ـ من الواضح إنك ما وصلتش للقاتل الحقيقي، ولسه بتلاحق السراب.

ـ الكلام ده كان مظبوط من ساعة. دلوقتِ كل حاجة وضحت.

قلتها ملقيًا بملف قضية الحَجر التي رفعتها ابنتاه وزوجته عليه.

ألقى عليه نظرة من بعيد دون أن يفحص تفاصيله، ثم ابتسم ساخرًا:

ـ دون كيشوت لسه بيصارع طواحين الهوا!

قالها بهدوء وبرود وكأنه يُلقي تحية الصباح عليَّ، ثم أخرج من جيبه علبة سجائره ذات العلامة التجارية المستوردة وقداحته النرجسية، وأكمل:

ـ رجل أعمال غني، عنده قدرة على رؤية أرواح الموتى، بنته بقت رقاصة ولطخت سُمعته، وبنته التانية كلبة فلوس، اتفقوا مع أمهم يرفعوا قضية حجر ويثبتوا إنه مجنون وبيكلم أشباح محدش بيشوفها غيره، راح قاتلهم هما التلاتة بالسم اللي بيتعامل معاه بشكل شبه يومي بحكم إنه صاحب مصنع مبيدات حشرية! حبكة لطيفة، تنفع لرواية من روايات آسيا! بس إنت مش ناسي حاجة؟

لم أرد على ذلك المتحذلق الذي راح يجلس أمامي واضعًا سيجارة بين شفتيه دون أن يشعلها، قائلًا:

ـ حتى لو الدافع منطقي. فين دليل الإدانة؟

ـ الدليل أهو بين إيديك.

قلتها مشيرًا إلى قداحته وعلبة سجائره.

ـ ده لغز جديد؟

ـ ده واقع. رشا توفيق ماتت متسممة في بيتها، ومفيش حاجة حواليها غير سجاير من نفس ماركة سجايرك، وولاعة دهب عليها اسم البغل. أظن هتقولي الولاعة دي فيه منها نسخ كتير!

ـ بالعكس، مفيش منها غير نسختين، واحدة معايا، والتانية مع راوية، كانت بتستخدمها قبل ما تبطل تدخين.

ـ يعني بتعترف إن إنت اللي قتلت رشا؟

أعاد السيجارة إلى علبتها من دون أن يشعلها، وانجعص على الكرسي قائلًا:

ـ هاسألك تلات أسئلة فيهم حل القضية كلها. س واحد: إيه اللي يخلي مريضة سرطان في مرحلة متأخرة من مرضها تدخن في بيت فيه طفل مريض قلب؟ س اتنين:

إيه اللي يخلي رشا تدخن سجاير مستوردة سعرها بالشيء الفلاني وهما في عرض الجنيه؟ س تلاتة: إيه اللي يخليني أسيب ولاعتي في مسرح الجريمة؟ إنت متخيل إني بالغباء ده؟!

اللعنة! كلامه منطقي!

أشعلت لنفسي سيجارة لعل النيكوتين يقلل من توتري، بينما ظل عامر يتأملني بتكبُّر:

ـ نيجي لسؤال المليون دولار، إيه اللي يخليني أقتل رشا؟

ـ عشان هي اللي جمعت خيوط قضية الحجر اللي بناتك ومراتك رفعوها عليك، وممكن تكون هددتك أو ابتزتك، فقررت تسكتها للأبد.

ـ فُرحت بنفسي لحد بيتها، وحطيت السم في ولاعتي، وأجبرتها تدخن من علبة سجايري وتولع بالولاعة بتاعتي، وسبت معاها الولاعة وعلبة السجاير ومشيت من البيت من غير حتى ما آخد ملف القضية اللي بتساومني عليه؟ ده فيلم كوميدي لإسماعيل ياسين مش جريمة قتل!

ـ أنا ملاحظ إنك بتنفي عن نفسك طريقة القتل مش الجريمة نفسها!

ـ أنا مش قاتل يا نوح!

ـ ده مش رأي راوية اللي حاولت تسممها سنة ١٩٩١ عشان تاخد تأمينها على الحياة!

ضحك بقوة كالمختل حتى دمعت عيناه، ثم قال ماسحًا دموعه:

ـ كان ياما كان، واحد قرر يسمم مراته بغاز السيانيد عشان يقبض تأمينها على الحياة، فلِعب في تركيبة المبيد الحشري، ووقف معاها في المعمل، وشموه سوا، واتسمموا هما الاتنين، فالزوجة اتشلت، والزوج صحي من الموت بمعجزة ربانية. أنا لو عايز أسمم راوية هاقف جنبها في المعمل وأسمم نفسي معاها ليه؟

ـ عشان إنت واخد المضاد السُّمي.

ـ وراوية كمان كانت واخداه، بس حظها إن جسمي قاوم أكتر منها وإني اتعرضت لجرعة أقل. أرجوك! أنا ياما بررت موقفي في النقطة دي، بس هي ورشا أنهكوني!

أخرج من جيبه ورقة وضعها على مكتبي، ولم يمهلني حتى أنظر فيها، وقال:

ـ اسمع القصة دي، ألطف بكتير: كان ياما كان أختين توأم، رشا وراوية، رشا كانت معجبة بعامر زميلها في الكلية،

بس راوية كانت معجبة بيه أكتر فعرفت تلطشه من أختها واتجوزته وشاركته في مشروع مصنع ضخم، هي بالمال وهو بالإدارة والمجهود. ما حصلش نصيب، والجوازة ما استمرتش. راوية كانت جواها نار تحرق بلد، قسَّت بنتها على أبوها، وأقنعتها تشيل اسمه من البطاقة وتقاطعه وما تديلوش فرصة مهما حاول يستميلها ويحنن قلبها عليه. الأب نفسه يئس إن بنته ترجعله، فقرر يهجرها زي ما هجرته. إنتِ شايفة إن ملكيش أب وأنا كمان مليش بنت. عدِّت السنين، البنت اترملت ورجعت لأبوها، مش حبًّا فيه، بالعكس، هي مش محتاجة غير فلوسه لأن خالتها اللي بين الحياة والموت قالتلها طالبي بحقك وحق ابنك اللي طلع عنده مرض في القلب. الأب قالها مستعد أديكِ كل اللي بتحلمي بيه بس ترجَّعي اسمي في بطاقتك، رفضت، خصوصًا لما أمها عرفت إنها راحت تاني لأبوها واديته فرصة يتشرط عليها، فأمها قالتلها ده إحنا ناكلها بملح ولا ترجَّعي اسمه تاني، إياكِ تطلبي من أبوكِ أي حاجة تانية، أنا هاتصرف. وفعلًا، الأم اللي كانت «ملكة الكيميا» حطت خطة لطيفة أوي، لو بنتها مش هتعرف تورث أبوها، ليه ما تورثش إخواتها؟ زارت البنتين وأمهم أكتر من مرَّة وهي بتتوسلهم يتنازلوا عن محاضر التعدي اللي قدموها في بنتها، إنما في

الحقيقة هي كانت بتزرعلهم السم اللي هي شخصيًّا
اتسممت بيه قبل كده. وبكده رجَّعت لبنتها وِرثها، بس
لسه ما رجَّعتش لنفسها كرامتها. تجيب الملف والسجاير
والولاعة وتقتل بيها أختها اللي كده كده باقيلها في الدنيا
أيام عشان جسمها مش بيستجيب لجلسات الكيماوي،
واللي متأمن على حياتها بنفس المبلغ الكبير اللي أبوها
مأمن بيه عليها، وتبقى راوية ورثت أختها، زي آسيا
ما ورثت إخواتها، وأنا اتدبست في الجرايم دي كلها!

ـ ثانية واحدة، عايز تقنعني إن راوية هي اللي...

ـ وعدتك إني يومين وهاجيلك بالإجابة والدليل. آدي
الدليل...

قالها مشيرًا إلى الورقة التي وضعها على مكتبي، ثم أردف:

ـ الحمض النووي اللي في جذور شعر راوية مطابق لجذر
الشعرة اللي لقوها في قلم الحبر بتاع غادة، ومطابق
لكل الميتوكوندريا اللي لقوها في الشعر المقصَّف في
بخاخة دينا.

ـ إنت جبت التحاليل دي منين؟

ـ دي نتايج معمل خاص، مش الداخلية بس اللي ليها
مصادرها.

قرأت التحاليل التي تنطق بما قاله عامر، الذي علَّق وهو
ينهض:

ـ أنا هاقوم أعمل كام مكالمة على ما تخلص قراية وتخرَّج
أمر ضبط وإحضار لراوية.

اتجه نحو الشرفة المطلة على الشارع، ثم فتح بابها ودخل
وأغلقه من خلفه، ليجري مكالماته بخصوصية.

كان تحليله منطقيًّا بدرجة مقيتة!

أكره أن يسبقني أحدهم بخطوة في قضية أعمل بها، لكني
فكرت للحظة: لو كانت تلك هي خطة راوية حقًّا، فلا أظن
أنها ستنتهي فقط بتوريط عامر كي تنتقم منه وتراه يُشنق
وتحرمه من الحياة! من قتلت شقيقتها التوأم لن تكتفي
بشنق طليقها!

* * *

رنَّ هاتفي باسم حسني، فأجبته قائلًا:

ـ كنت لسه هاتصل بيك. معايا نتايج تحاليل من معمل
خاص، عايز أتأكد إذا كانت سليمة ولَّا مضروبة.

ـ صوَّرها وابعتهالي على الواتساب أبص عليها. بمناسبة
النتايج، الولاعة اللي كانت في إيد رشا كان فيها حمض

البروسيك، ولقينا على علبة السجاير آثار حمض نووي من الخلايا الظهارية.

ـ انزلي بالترجمة.

ـ يا عم ما أنا باتصل بقطز من الصبح مش بيرد، هو اللي بيفهمني.

ـ قطز مشغول دلوقتِ. اشرحلي كده بالراحة.

ـ الخلايا الظهارية دي آثارها بتكون في الدموع واللعاب، لكن من نسبة الأملاح اللي على الولاعة أعتقد إن دي آثار دموع، يعني بالعربي الفصيح، حد عيَّط على علبة السجاير دي ودموعه سابت حمض نووي.

ـ هو الحمض النووي في الدموع كمان؟!

ـ جهلك بشُغل المعمل الجنائي ده لا يليق بشطارتك كظابط داخلية أبدًا! عامةً عشان ننجز يعني، إحنا كده معانا الحمض النووي للقاتل، وهنقارنه دلوقتِ بفُرش الشعر اللي أخدناها من بيت آسيا عشان نعرف تخص مين فيهم، لأن قطز قالي القاتل هو عامر البغل.

ـ بالظبط كده، و...

ـ بالظبط إيه يا حبايبي؟! ما إحنا من الأول قلنا القاتل

واحدة ست، والحمض النووي اللي لقيناه على علبة السجاير ده بتاع أنثى مش راجل.

صمتُّ لبرهة مستدعيًا آخر خليتين تعملان في مخي بشكل طبيعي، متخيلًا منظر راوية وهي تشعر ببعض الذنب وتبكي، بينما تضع الولاعة لشقيقتها كي تقتلها بها في سبيل إنقاذ حفيدها من الموت والحصول على المبلغ الذي سيسدد تكلفة عمليته، وإبعاد الشبهات عن آسيا، بعدما أوضحت لها شكوكنا فيها.

إن كانت راوية بتلك الشراسة، فلا شك أنها لن تكل حتى تقضي على حياة عامر بالوسيلة نفسها؛ غاز السيانيد في القداحة الذهبية!

ـ كلم الإسعاف بسرعة، فيه حالة تسمم سيانيد عندي في المكتب!

قلتها لحسني عبر الهاتف.

❊ ❊ ❊

انتفضت من مكاني راكضًا نحو الشرفة المغلقة، وحين فتحت بابها وجدت عامر ملقى على وجهه في أرضيتها، قابضًا على القداحة التي أنهت حياته، ورائحة اللُّوز المُر منتشرة في الجو بشدة.

٢٦٦

أخذت أسعل بعنف، وتراجعت إلى الوراء بعد أن تسللت الرائحة إليَّ، فغطيت أنفي بكُم سترتي وقد أصابني الدوار.

صداع قاتل. الأرض تدور من حولي. غثيان مستبد.

أظنني أفرغت ما في معدتي من سوائل.

وهن. أنفاس لاهثة. خفقان. ضربات قلب متسارعة.

ظلام، ثم هدوء.

اللعنة! هل سُمِّمتُ مجددًا؟!

١٦

أخرجت ألفاظًا نابية وصوتًا معترضًا.

هل حقًّا تسممت ثانية؟

هل صرت هدفًا للسموم، وكل قاتل متسلسل ضجر سيأتي ليسممني؟

سأقطع عهدًا على نفسي، من الآن فصاعدًا، بأن أي قضية بها سم سأسلمها إلى بغل البحر صلاح علَّه يستنشق القليل من السيانيد أو يأكل بعض المربى بالأتروبين ويرحل عن عالمنا هو وشاربه وعطره الرخيص.

حسنًا كفى هزلًا! أين أنا الآن؟

أشعر بأنني طريح الفراش في غرفتي في شقة جدتي بجاردن سيتي.

هذا السقف سقف غرفتي، وكذلك النافذة المطلة على النيل هي نافذتي.

هذا لحافي، وهذه منامتي، وذلك الضوء المتسلل من أسفل الباب هو ضوء طرقة بيتنا، ويقطعه الآن ظل خطوات جدتي التي فتحت الباب وبيدها كوب زجاجي طويل به ماء.

دخلت لتجس حرارتي في صمت، ووضعت الكوب بجواري على الطاولة، ثم ابتسمت لي بحنان وهي تقبِّل جبيني وقالت:

ـ كمِّل نوم يا حبيبي، ما تقلقش. إنت زي الفل.

لا أستطيع التفرقة: هل أنا نائم حقًّا في غرفتي وجدتي أتت للاطمئنان عليَّ، أم انتقلت إلى العالم الآخر وهي ملاكي الحارس فيه؟ كل ما يهم الآن أنني أشعر بالأمان.

أنا نائم في سريري الدافئ في بيتي، وجدتي بجواري، وأرى الآن قطز يطل برأسه من خلف الباب كزرافة تختطف أوراقًا من فرع شجرة، وهو يسأل جدتي هامسًا:

ـ صحي؟

ـ لسه. اجري اطفي على البليلة وسيبه يرتاح.

هل يأكلون البليلة في العالم الآخر، أم أنني مغشي عليَّ فحسب؟

لا يهم، لا شيء يهم الآن سوى أن أكمل نومي الذي حُرمت منه لأيام.

خرجت جدتي على أطراف أصابعها وأغلقت الباب خلفها.

❉ ❉ ❉

حلَّت البرودة، وكأن جدتي أخذت كل الدعة والأمان معها، وتحولت الغرفة إلى مكان مقبض، ظلامه مرعب، وبرده قارس، وصمته مُربك.

ـ إنت إيه يا أخي؟! قطة بسبع أرواح؟!

حاولت أن أصيح بها كي ترحل عني وتتركني لحالي، لكن حضورها كان جاثمًا على حواسي، أشعر بالحواس كلها، لكني عاجز عن التحرك قيد أنملة، وعاجز عن النطق بأي حرف.

ـ بقالي تلات أيام مستنياك تغفِّل.

اقتربت فتون من سريري، ووقفت بجوار طاولة الفراش مكملة:

ـ أصل العصفورة قالتلي إننا في الأحلام بنكون أقوى. ده بشهادة مامتك وجدتك وصاحبك قطز وحبوبتك دليلة.

اختطفت كوب الماء من فوق الطاولة، ولم أجد لي قدرة على فعل أي شيء إلا أن أتابع حركتها بنظري دون مقاومة.

٢٧١

ـ استعد لتجربة جديدة خالية من أي كليشيهات يا حبيب طنطك!

كما تبدأ مشاجرات الحانات في الأفلام المبتذلة، كسرت الكوب الزجاجي في الحائط ليتحطم نصفه الأعلى ويتحول نصفه الآخر إلى سكين حاد، ثم قفزت فوق صدري كجاثوم لعين وراحت تطعن عنقي بنصف الكوب المشطوف.

صرخت، لكن حبالي الصوتية عجزت عن إعلان صراخي، فظل فمي مفتوحًا كلوحة الصرخة المصمتة.

أخرجت بقايا الزجاج المغروس من عنقي لتخرج معه دمائي وآهاتي الصامتة، وراحت تتابع الدماء تنهمر على وسادتي البيضاء، قائلة بنبرة كلها غِل وعينين مليئتين بالحزن:

ـ اللي جوزها بيموت بتبقى أرملة! واللي أبوه وأمه بيموتوا بيبقى يتيم! ليه اللي ابنها بيموت بيموت ملهاش لقب؟!

طعنتني مجددًا، لكن هذه المرَّة في كتفي، فشعرت بالألم المبرح ذاته.

صدرت عني صرخة، ضعيفة مكتومة، لكنها وصلت إلى مسامعها.

ـ اللي ابنها بيموت ملهاش لقب عشان خلاص... ملهاش وجود من أساسه! بتموت وراه! بتبقى وعاء من غير روح!

نزعت بقايا الزجاج من جرحي الغائر، فتأوهت بصوتٍ أوضح، بينما أردفت:
ـ أنا بقى مش هاسيبك غير لما أطلَّع روحك زي ما طلعت روحي!
ما زلت مشلولًا في الفراش، لا قوة لي على الحراك!
ـ عيني!
طعنتني العاهرة في عيني اليمنى، ورحت أصرخ من فرط العذاب الذي يلاقيه جسدي.
تركت الزجاج في عيني وهي تصرخ بي والدموع تنهمر من عينيها كما تنهمر الدماء المتفجرة من مقلتي:
ـ ليه إنت تعيش وتكبر وتترقى وتحب وتتهنى، وابني يندفن في عزه؟! ليه ألفه في كفنه قبل ما ألبسه بدلة فرحه؟! ابني كان صاحب عمرك! أنا وثقت في إنك هتجيبلي حقه!
أخرجت بقايا الزجاج من عيني، ورفعت ذراعها، وكلي ثقة أنها ستنحر شرياني السباتي لتنهي حياتي.
ـ ليه ابني يموت واللي قتله لسه حر؟! ليه ما سجنتش اللي قتل صديق طفولتك؟!
ـ عشان قتلته. أنا قتلت اللي قتل عمر!
نطقتها بصعوبة، لكني كنت سعيدًا لأنني حللت عقدة لساني وشلل فكَّي، وما زادني سعادة أنني صرخت أخيرًا بالسر الذي حملته على عاتقي كصخرة طوال عام ونصف دون أن أجد من أبوح له بجريمتي.

تعلقت يد فتون في الهواء وهي تنظر إليَّ بعينين
مرتبكتين.
توقعت أنها لن تصدقني، لكنها راحت تبكي وهي
تضع يديها الملطختين بدمائي على فمها، ثم انتشر
في الغرفة دخان ورائحة أعرفها جيدًا.
بدأت فتون تسعل بشدة حين زاد الدخان أكثر،
وراحت تشهق كأن هناك من يخنقها بقبضة من
حديد، لكنها همست من بين لهاثها وسعالها:
ـ آسفة!
ثم اختفت.

* * *

انتفضت صارخًا بطريقة درامية، تمامًا كما في الأفلام
الأمريكية:

ـ أنا قتلته! قتلته قبل الأربعين!

كانت المبخرة الضخمة بجوار فراشي، وجدتي تجلس
عند رأسي.

لقد سمعت غمغمتي وصراخي أثناء الحلم، ففهمت
أنها لعبة فتون، فوضعت البخور وجلست بجواري
لتطمئنني.

وضعتْ رأسي على رجلها، وتحسست شعري متمتمة:

ـ «ٱللَّهُ لَا إِلَٰهَ إِلَّا هُوَ ٱلْحَيُّ ٱلْقَيُّومُ لَا تَأْخُذُهُ سِنَةٌ وَلَا نَوْمٌ لَهُ مَا فِي ٱلسَّمَٰوَٰتِ وَمَا فِي ٱلْأَرْضِ مَن ذَا ٱلَّذِى يَشْفَعُ عِندَهُ إِلَّا بِإِذْنِهِ يَعْلَمُ مَا بَيْنَ أَيْدِيهِمْ وَمَا خَلْفَهُمْ وَلَا يُحِيطُونَ بِشَىْءٍ مِّنْ عِلْمِهِ إِلَّا بِمَا شَآءَ وَسِعَ كُرْسِيُّهُ ٱلسَّمَٰوَٰتِ وَٱلْأَرْضَ وَلَا يَئُودُهُ حِفْظُهُمَا وَهُوَ ٱلْعَلِىُّ ٱلْعَظِيمُ».

كان قطز واقفًا بجوار السرير يربت على ذراعي قائلًا:

ـ كان كابوس. ما تخافش.

ـ أنا قتلت البلطجي اللي قتل عمر. قتلته قبل ما روح عمر تكمل الأربعين. أنا قاتل! أنا مجرم! زيي زي اللي باقبض عليهم!

نظر إليَّ قطز نظرة العليم ببواطن الأمور، وهو يربت على كتفي قائلًا:

ـ اهدا. ده كابوس.

ظللت أهذي مرتعشًا، ودموعي تسيل وتبلل جدتي، وقلت:

ـ ده مش كابوس! أنا قتلته! أنا...

همست جدتي في أذني بحنان قائلة:

ـ هشششش. إحنا عارفين.

* * *

وقفت في شرفة غرفتي استعدادًا لإشعال سيجارتي، وإذا بجدتي تعود إلى الغرفة وبيدها صينية العشاء، ثم تخطف السيجارة من بين شفتَي وتلقي بها من الشرفة، قائلة:

ـ اتلم، إنت مش ناقص سموم! ربك سترها مرتين ما تبقاش نمرود!

ـ إيه اللي حصل في القسم؟

أجابني قطز مفسرًا:

ـ النسبة اللي شَمِّتها من الغاز كانت ضعيفة جدًّا الحمد لله. حسني كلمني فجِبتك هنا، وتيتة غيَّرتلك وحمتك عشان لو في أي رواسب من الغاز في لبسك ولَّا حاجة.

ـ ما دام الموضوع بسيط، إيه كل الدروخة دي؟!

ـ الدروخة دي مش من استنشاق الغاز على قد ما هي من الإرهاق وقلة النوم وزيارات المحروقة فتون.

ـ على ذكر المحروقة...

قلتها ونظرت إلى الأرض، ثم أردفت:

ـ إنتو عرفتوا إزاي؟

أجابت جدتي نيابة عن قطز:

ـ عرفنا إزاي إنك أخدت بتار عمر؟ من عمر نفسه. قالنا

في الحلم ع اللي عملته عشانه. قالنا كمان إن ما كانش قصدك تقتل البلطجي ده، وإنك كنت بتدافع عن نفسك.

إذن، فقد قص عمر عليهما الحكاية كلها!

❋ ❋ ❋

في اليوم الأول لظهور روح عمر لي بعد وفاته، بدأت أحقق بمفردي في القضية.

لم أُشرك أي شخص، ولا حتى قطز، لأننا كنا مفجوعين بما يكفي على وفاة جارنا وصديق طفولتنا وزميلنا في الفصل.

كان الأكثر إيلامًا من فقدان عمر بتلك الطريقة، هو عجزنا عن القصاص له.

ولكوني مهووسًا بالسيطرة، لم أتقبل فكرة تستر كل أولاد الشوارع على قاتله، والغياب التام لأي أدلة عن الواقعة، لا شيء سوى دماء عمر التي كانت على أسفلت الزقاق الذي هاجمه فيه ذلك الخسيس المدعو «أبو قرن».

كان القاتل فتى في التاسعة عشرة من عمره، سُمي «أبو قرن» لأنه يعتز بمطواته القرن ـ أو هذا ما يُقال في وجهه اتقاءً لشر غضبه ـ ولكن في الواقع معلمه هو الذي أسماه هكذا لأنه مصاب بندبة كبيرة في جانب خده تشبه قرن التيس.

٢٧٧

كان عمر يعرفه لأنه وجده يومًا ملقى في الشارع، مطعونًا في بطنه إثر مشاجرة كبيرة، فأخذه وعالجه بنفسه، ولم يحفظ ذلك النذل جميل عمر، بل قتله بعدها بأشهر طمعًا في محفظته وحاسوبه المحمول.

ظلت روح عمر ترافقني وتفيدني بوصفها الدقيق لأبو قرن وكذلك اسمه، لكنه كان مختفيًا تمامًا، لم أجده في أي شارع من شوارع القاهرة التي طفتها كلها بلا جدوى.

بعد أيام من البحث الورقي بين الإصلاحيات والملاجئ توصلتُ إلى أبو قرن الذي كان اسمه الحقيقي «خليل البرشومي»؛ لقيط وُضِع في إصلاحية بالإسكندرية ثم خرج منها ليعمل في كنف صاحب مزارع موالح يدعى «سلطان الدغش».

فهمتُ أنني كنت أبحث في المحافظة الخطأ، فانتقلت إلى الإسكندرية، ولا رفيق لي غير روح عمر.

حاولت ألا أُشرك أي أحد من الشرطة، لأنه لا دليل لديَّ على أن أبو قرن هو قاتل عمر، فما أنا بالنبي موسى كي أعلن للناس معجزة تجعل المتوفَّى ينطق بالحق، وإن سئلتُ فماذا سأقول؟ روح الميت أخبرتني بقاتلها؟ حين يكون شريكك روح ميت ميت لها القدرة على الاختفاء

والتنقل إلى أي مكان دون أن يُشعَر بها، فسيكون لديك فيض من المعلومات من المستحيل الوصول إليها كضابط عادي، وهكذا عرفت الكثير عن سلطان الدغش الذي اتضح لي أنه ليس رجلًا خيِّرًا يتبنى اليتامى ويشغلهم في مزارع البرتقال لديه، بل هو تاجر مخدرات كبير، وليست مزارعه سوى غطاء يستر أعماله المشبوهة.

وعدتُ نفسي أن أتفرغ لأمره بعد أن أسلم أبو قرن إلى حبل المشنقة، وأثلج قلب فتون المتقد نارًا على ابنها.

تفرغت روح عمر للانتقال بين غرف صبيان سلطان الدغش، وبمعلومة من هنا وأخرى من هناك، تتبعنا أثر القاتل حتى مكب نفايات مهجور في منطقة الزياتين، حيث كان يختبئ ظانًّا أن موت عمر سيمر عليه فترة وينسى الجميع ويتمكن هو من العودة إلى حياته الإجرامية اليومية.

وصلت إليه بمفردي دون أي قوات.

لا أعلم إن كانت سذاجة مني أم قلة خبرة أم زهوًا وفخرًا، كانت خطتي أن أجذبه من قفاه حتى القسم ليعترف هو بنفسه دون الحاجة إلى أدلة دامغة كأي قضية منطقية.

كنت أرعن يظن ألَّا غالب له، لم أتصور أن الفتى ذا الوزن الثقيل، والخطوات البطيئة، والملامح الطفولية التي

لا تليق بوضعه الإجرامي، والدماء التي صبغ به يديه، سيقاومني بشراسة.

لم يمهلني الوقت لأوضح له خطتي، فقد أخرج مطواته التي لقي بها صديقي مصرعه، ولولا خفة حركتي لكانت المطواة قد انغرست في عنقي بدلًا من ذراعي التي رفعتها لأحمي بها حياتي.

حين رأيت الدماء تسيل من ذراعي لم أتمالك نفسي، ولم أرَ حلًّا آخر، رفع أبو قرن يده مجددًا مقتربًا مني ليطعنني في صدري، لكني كنت أسرع منه، فثنيت ذراعه وعكست اتجاهها لتستقر المطواة في عنقه هو.

بتلك البساطة، لفظ أنفاسه الأخيرة ووقع وسط القمامة والمطواة مغروسة في رقبته مخترقة شريانه السباتي.

كأنني أنا الذي تلقى الطعنة، أصابتني حمى غريبة، وانسالت قطرات العرق من رأسي إلى مجرى عمودي الفقري، وارتعشت أوصالي.

تعلمت في الأكاديمية الدفاع عن النفس وطريقة القبض على المجرمين، لكني لم أتعلم القصاص المباشر بعيدًا عن أي قوانين، لم أتعلم أن أقتل مراهقًا لم يخط شاربه في وجهه بعد في مكب نفايات مهجور.

ـ خد المطواة، وولع في المكب!

هكذا نصحتني روح عمر.

كان يرى أن ذلك المجرم لا يستحق ذرة تعاطف، وأنه لا داعي ليحرمني قتله من حياتي ومستقبلي المهني.

لم أود أن أخسر وظيفتي وأُزج في السجن لأنني كنت أدافع عن نفسي فحسب. قتل أبو قرن لم يكن جزءًا من مخططي للقصاص العادل لروح عمر، لكنها غريزة البقاء.

لم أستسلم لشعوري بالذنب، وقد تأرجحت مشاعري بين كوني البطل الذي انتصر لصديقه ودافع عن نفسه، وبين أنني قتلت صبيًا لو توفرت له ظروف أكرم لما أصبح مجرمًا قاتلًا.

لم يكن هناك وقت لأي أزمات وجدانية أو معضلات أخلاقية.

مسحت الدماء عن المطواة، ثم لففتها في كيس ووضعتها في جيبي.

سترت جثة أبو قرن بالقمامة المحيطة في المكان، ثم أشعلت فيها النيران، ورحلت برفقة روح عمر.

تخليت عن قضية سلطان الدغش التي وعدتُ نفسي

بالتفرغ لها، لم أود أن يرتبط اسمي بأي شيء يخصه هو أو صبيانه بعد ذلك اليوم، حتى لا يظهر أي خيط يصل بيني وبين مقتل أبو قرن.

أقسمتُ ألَّا أُفشي ذلك السر لأي شخص مهما كانت درجة قربنا، حتى إنني لم أثلج فؤاد فتون المتقد بخبر قصاصي من قاتل ابنها، وكانت هي تجيد تقمص دور الأم الراضية، لذلك كنت أجيب عن كل أسئلتها بالجملة نفسها: «لسه مفيش جديد في القضية».

كثيرًا ما اعتقدت أن محاولة تسميمها لي كانت عقابًا إلهيًا لإثمي الذي أسقطني في بؤرة اكتئابية سوداء، ربما لهذا تسلل عمر إلى أحلام جدتي وقطز وأخبرهما بأنني انتقمت له، حتى يظلا بجواري ويشدا من أزري، فلطالما كانا يخافان عليَّ من شياطيني الداخلية وجانبي المظلم، لكنهما كانا في تلك الفترة بالتحديد أكثر رقة في معاملتي، ويتحدثان كثيرًا عن أن العين بالعين، وكأنهما يرسلان إليَّ رسائل خفية بأنه لا داعي للشعور بالذنب، ولكن بالطبع لم يخيَّل إليَّ يومًا أنهما يعرفان سري.

❊ ❊ ❊

تحسست جدتي رأسي قائلة:

ـ إنت مش قاتل، إنت كنت بتدافع عن نفسك.

ـ أي حد هيفتح القضية دي مش هيقول كده، الموضوع كله باين كأنه قتل مع سبق الإصرار والترصد!

علق قطز بحزم:

ـ محدش هيفتح القضية. الموضوع انتهى. انسى.

ـ هييجي يوم وتتفتح. مفيش جريمة كاملة. أنا خبيت المطواة بس كل فترة بيجيلي هاجس إن هييجي اليوم اللي يطلع أمر تفتيش بيتي ويلاقوها.

ـ محدش هيلاقي حاجة.

قالها قطز بثقة، ثم أكمل:

ـ المطواة مش في البيت.

سألته متوترًا:

ـ إزاي؟! أنا مخبيها بإيدي تحت خشب...

ـ تحت خشب أرضية السرير.

قالها قطز مقاطعًا، ثم أكمل:

ـ عارف. عمر قالي. والحقيقة دي أغبى حاجة إنت عملتها، إنك تخبي سلاح الجريمة في بيتك!

زحزحت السرير، ثم سحبت السجادة من أسفله، ومددت يدي في الشق بين لوحتي الأرضية الخشبية، لكني بالفعل لم أجد المطواة التي أنهت حياة صاحبي وقاتله، والتي أقسمت يوم أن عدت من الإسكندرية وخبأتها هنا أنني لن أتفقدها أو ألتفت إليها مجددًا حتى لا أذكِّر نفسي بما كان.

التفت صوب قطز مرتبكًا وأنا أسأله:

ـ عملت فيها إيه؟

ـ فاكر لما أنا سافرت أسوان السنة اللي فاتت وإنت فضلت تتريق وتقولي حد يسافر أسوان في عز الصيف؟ كنت مسافر عشان أرمي المطواة في أبعد محافظة عن محل إقامتك وموقع الجريمة. اتخلصت منها في النيل، يعني مستحيل حد يلاقيها ويوصلك عن طريقها.

اغرورقت عيناي بالدموع، وشعرت بقدر كبير من الامتنان لجدتي التي احتوت أزمتي النفسية، ولصديقي الذي سافر إلى أبعد محافظات مصر حاملًا في جيبه سلاح جريمة قد يقوده هو شخصيًا إلى حبل المشنقة إذا لوحظ معه أثناء ترحاله إلى آخر بقاع البلاد، فقط ليحميني.

ربتت جدتي على كتفي قائلة بحنان:

ـ خفف الهموم اللي متقل بيها كتافك يا حبيبي. إحنا كلنا جانبك.

ألقيت بنفسي بين ذراعيها متنفسًا الصعداء، قائلًا بنبرة يطغى عليها الامتنان:

ـ شكرًا. شكرًا يا تيتة.

ـ يا عبيط، ما أعز من الوِلد إلا وِلد الولد.

رنَّ جرس الباب، فزفرت جدتي قائلة:

ـ مين السخيف اللي جاي دلوقتِ؟

تركت الغرفة لترى القادم، بينما قال قطز وهو ينظر إلى ساعته:

ـ أنا هارجع القسم، فيه ورق كتير لازم يخلص وبعدها عندي...

توقف عن الكلام حين وجدني أعانقه.

لا يمكن أن أنكر جمودي العاطفي مقارنة بفيض مشاعره، لم أجد كلمات تعبر عن شكري لما فعله من أجلي حين تخلص من سلاح جريمتي وآثر الصمت وعدم التكلم في الموضوع معي احترامًا لخصوصيتي، إلا قولي:

ـ شكرًا.

قلتها شاعرًا بمدى سطحيتها، لكن هذا أنا، رجل يفتقر إلى الذكاء اللغوي التعبيري!

ضحك وهو يربت على ظهري قائلًا:

ـ ياض إنت أخويا اللي أمي ما خلفتهوش!

قالها بصدق، بينما دخل طارق يقول وسط لهاثه:

ـ آسف على مقاطعة الحضن الدافي ده، بس نادية هتودي نفسها في داهية ومحدش هيقدر عليها غيرك!

١٧

كنت واقفًا وآثار الصداع المفرط لا تزال تؤرقني، فاستندت على سيارة نادية المصفوفة أمام بنايتها.

زاد الصداع قليلًا حين ظهرت فتون أمامي، لكن هذه المرَّة لم يتكهرب الهواء ولم أشعر بالآلام نفسها لأن حضورها كان أخف، فقد تبدد غضبها وغاب شرر عينيها وهي تقف بجواري مستندة على السيارة.

نظرت إليها منتظرًا أن تنطق بما في جوفها، حتى قالت أخيرًا بعينين نادمتين:

ـ عمر قالي، ظهرلي كتير في الأحلام، وقالي «ما تزعليش يا ماما، خلاص نوح جابلي حقي»، بس كنت كل ما أصحى وأسألك وصلت لإيه في القضية، تقولي «مفيش جديد». كنت فاكرة الأحلام دي سببها إن عقلي

الباطن بيظهرلي اللي نفسي يحصل وبس، مش إن دي روح عمر جاية تطبطب عليَّ!

بدأت تبكي، فأخرجت سماعة هاتفي ووضعتها في أذني متظاهرًا بأنني أتحدث في الهاتف، وقلت لها:

ـ ما كانش ينفع أقول حاجة لحد. أنا كنت خايف.

ـ وأنا كنت بشعة! إنت خاطرت بحياتك عشان ابني وأنا عملت إيه؟ قتلت أطفال وسممت الدكتور صاحب عمري وكنت هاسمم صديق ابني!

أخذت تنشج بندم لم أتخيل أني سأراه يومًا في عينيها، وللحظة استعدت حقيقة جارتنا طنط فتون، بائعة الورد ذات الصوت الوديع واللمسات الحنون، التي أحبها الجميع وكأنها خُلقت لتنشر البهجة بيننا لا الهلع والرعب. لكن الفقد يلد في الأحشاء وحشَ انتقام غاضبًا، يظل يتغذى على كل فضيلة إنسانية بين ذرات الإنسان، حتى لا يبقى في داخله سوى المرارة المتقدة التي تتضخم لتجعله قاسيًا معدوم الرحمة، لا يرى أمامه سوى هدف واحد؛ الثأر!

مسحت دموعها قائلة:

ـ أنا آسفة! الحاجة الوحيدة اللي مخلياني سعيدة هي إنك

لسه عايش. وعارفة إن مفيش حاجة ممكن تعوضك عن اللي عملته فيك الفترة اللي فاتت. أقل حاجة أقدر أعملها إني أختفي من حياتك تمامًا. موتي أنا وعمر لخبطلك دنيتك بما يكفي!

ـ بتنيِّل إيه عندك؟

قالتها نادية المتشحة بالسواد، وفي يدها كيس بلاستيكي به زجاجة عصير، وصندوق صغير به هامستر مشمشي اللون.

التفت إليها وهي تقترب مني بخطوات متعجلة، بينما اختفت فتون تمامًا كما ظهرت وأنا متيقن من أنني لن أراها ثانية.

ـ إيه اللي نزِّلك دلوقتِ؟ مش المفروض تستريح؟!

ـ جاي أشوف أختي الواطية ما عدتش عليَّ ليه!

ـ عديت عليك وإنت نايم زي الفسيخة. لكن وبعدين يعني؟ إنت كل ما تزهق هتتسمم؟!

ـ أضحك؟

حاولت أن تزحزحني عن السيارة لتفتح بابها، لكني استوقفتها قائلًا:

ـ رايحة فين؟

ـ عندي محاضرة.

ـ يوم الجمعة؟

ـ الامتحانات قربت وعملت للطلبة حاجة زي فصول التقوية كده.

ـ ومحاضرة اليوم عن مغامرات همتارو؟

ـ ما تخليك في حالك.

ـ طب إيه العصير ده؟

ـ ده ليَّ أنا وأصحابي.

ـ إنت بتشرَّبي أصحابك عصير بالسم؟

جفلت، وأخذت ترمش بعينيها العسليتين الواسعتين، ثم قالت:

ـ بطل هبل. سم إيه؟

ـ يعني العصير ده مفيهوش سم؟

خطفت الزجاجة من يدها، وقلت:

ـ أشرب منه عادي يعني؟

فتحت الزجاجة، وتظاهرت بأنني سأرفعها إلى فمي، فضربت يدي وألقت الزجاجة بعيدًا عني، وضربت كتفي صارخة:

ـ محدش هيحاول يقتلك تاني. أنا مش هاسكت زيهم!

ـ هما مين دول يا مجنونة اللي بيحاولوا يقتلوني؟! اهدي.

راحت تبكي وهي تفسر لي بغضب ممزوج بالخوف:

ـ كلنا بنحلم بفتون، فمش صدفة إننا نشوف نفس الحلم وبعدها تتسمم تاني. فتون هي اللي حاولت تسممك، مش كده؟ بعتتلك حد يموِّتك؟

ـ لأ. وحتى لو حصل، إيه بقى خطتك العظيمة لإنقاذي من التسمم؟

ـ هازورها في السجن وأعملها كارت إرهاب. هاسمم الفار قدامها، وأقولها إنها لو حاولت تبعت حد يسممك أو يئذيك هاسممها زي ما سممت الفار ده!

ضحكت رغمًا عني، فضربتني في كتفي بغيظ:

ـ هو أنا باقولك نكتة؟

ـ أولًا، منتهى السادية إنك تشتري هامستر مسكين عشان تسمميه. ثانيًا، محدش هيسمحلك تدخليه في زيارة للسجن. ثالثًا، أنا اللي اتغابيت وسممت نفسي عشان كنت في مسرح جريمة فيها جثة متسممة فشميت السم بالغلط والموضوع ملوش أي علاقة بفتون. رابعًا، وده الأهم، فتون ماتت، يعني عمرها ما هتقدر تئذيني تاني!

ـ ماتت؟!

ـ من ييجي اتناشر يوم.

عانقتني أختي المفترسة التي وصل رأسها عند صدري وهي تمسح دموعها متنفسة الصعداء وقائلة:

ـ يعني خلاص غارت في داهية؟

ـ والله ما حد هيودينا في داهية غيرك يا نادية! رايحة تهددي سفاحة بهامستر؟!

ـ أومال يعني أشوف أخويا بيتسم وأسكت؟ أنا بقالي تلات شهور بافكر أنتقم منها إزاي.

ـ فتقومي تسجني نفسك؟

ـ ده أنا أموِّت نفسي يا نوح ولا إن حد يمس شعرة منك! إنت أخويا، فاهم يعني إيه أخويا يا حلوف؟

على الرغم من أنها سبتني لكن جُملتها البديهية رنت كجرس تنبيه قرع خلايا مخي البوليسية.

هل كنت مثقلًا بكل هذا التوتر والإرهاق في الفترة الماضية إلى درجة أنني لم أجد حلًّا لقضية غاز السيانيد، وقد بدا الآن واضحًا، بل أسطع من ضوء شمس النهار؟

*　*　*

كان قطز على وشك الخروج من بيتي، فقابلته على السلم، وسحبته من يده قائلًا:

ـ أنا عرفت مين اللي قتل عيلة البغل.

عدنا إلى شقتي، ووصلنا إلى غرفتي، ثم أغلقت علينا الباب، بينما قال قطز:

ـ نوح أنا...

ـ استنى، ما تقولش حاجة دلوقتِ، أنا ما صدقت إني رتبت أفكاري. عامر كان عنده حق، حل القضية دي في تلات أسئلة: إيه اللي يخلي مريضة سرطان تدخن؟ إيه اللي يخليها تدخن النوع الغالي ده من السجاير؟ إيه اللي يخليها تستخدم ولاعة البغل اللي مفيش منها غير نسختين، واحدة مع عامر والتانية مع راوية؟

ـ لأن رشا...

ـ رشا ما اتقتلتش. رشا انتحرت. إنت ما شفتش القهرة اللي كانت بتتكلم بيها على فلوس آسيا اللي راحت على علاجها وما اتبقاش حاجة يصرفوا منها على علاج طاهر، في حين إنها متأمن على حياتها بمبلغ كبير ما تقدرش تصرفه غير لما تموت موتة طبيعية أو تتقتل، لكن ما ينفعش تنتحر، فعشان كده خلت انتحارها يبدو

كجريمة قتل، كان الملهم فيها محاولة عامر تسميم مراته راوية قبل كده. جابت ملف قضية الحَجر وحطته على سريرها عشان نلاقيه بسهولة، واستخدمت ولاعة عامر اللي عند راوية، واشترت نفس نوع سجايره، واتصلت بيك مخصوص، وقالت الجملة دي عشان عامر يلبس القضية وتبقى جريمة قتل مش انتحار!

ـ بس أنا...

ـ إنت رقمك ما كانش آخر رقم رشا كلمته قبل ما تتسمم، ومستحيل تعرف تضرب رقمك اللي أكيد مش حافظاه أو تدور على اسمك في التلفون وهي بتتسمم. أكيد اتصلت برقمك مخصوص وجهزته قبل ما تاخد السم بنفسها، وكانت بتعيط، وهي دي آثار الدموع، دموعها هي قبل ما تقتل نفسها مش دموع راوية.

ـ لكن راوية...

ـ راوية كانت دافع رشا عشان تعمل كل ده. إنت خاطرت بحياتك وخفيت سلاح جريمتي عشان معتبرني أخوك. نادية كانت هتودي نفسها في داهية دلوقتِ عشان حست إن فتون هتئذي أخوها. جليلة بتعاملني معاملة زي الزفت عشان عايزة تحمي أختها مني. كذلك رشا، خريجة كلية علوم وبتفهم في السموم والكيميا ودماغها بوليسية زي

بنت أختها اللي بتساعدها في كتابة رواياتها. قتلت بنات البغل ومراته عشان حاجتين: الحاجة الأولى إنها تنتقم لأختها اللي بقت قعيدة بسبب البغل، سواء كان فعلًا قاصد يسممها أو سممها بالغلط لكن في الحالتين قتلها لما شلَّها ورماها بعد ما أخد كل فلوسها وراح اتجوز غيرها. الحاجة التانية إن رشا هي جدة طاهر اللي لو ما بقاش معاهم فلوس هيفقدوه وهيموت. عشان كده قتلت كل دول. عشان آسيا تورثهم وتورث بوليصة التأمين وتقدر تصرف على نفسها وعلى ابنها، ورشا نفسها ترتاح من شعورها بعبء تكاليف مرضها عليهم، خصوصًا إن جسمها مش بيتجاوب مع العلاج. رشا عملت الفيلم ده كله لأنها أخت وخالة وجدة.

ـ تحاليل المعمل الجنائي...

ـ عارف، هتقولي تطابق الشعرة. سهلة. رشا كانت مريضة سرطان وبتلبس بواريك. راوية وآسيا الاتنين اتبرعولها بشعرهم فتلاقيها كانت لابسة باروكة راوية عشان كده الشعر اللي في القلم والبخاخة بيتطابق مع شعرها.

ابتسم قطز، ثم عقد ذراعيه راضيًا وهو يعلِّق:

ـ تحليل معملي عظيم. بالنسبة بقى للدموع المتطابقة مع الخلايا الظهارية بتاعة راوية، تحلل ده بإيه؟

صمت قليلًا عاجزًا عن إيجاد تفسير لتلك المعضلة. السيناريو كله كان مضبوطًا ومنطقيًّا، والآن برز ذلك «الخازوق» الذي ضرب بنظريتي عُرض الحائط!

ضحك قطز ضحكة مرحة وهو يراقب تشتتي، فنهرته قائلًا:

ـ بتضحك على إيه؟ على فكرة من مصلحتك إن القاتل يبقى رشا مش حماتك المستقبلية.

ـ ما القاتل فعلًا رشا، والدمعة متطابقة معاها، لأن هي وراوية توأم متماثل ناتج عن انشقاق بويضة واحدة ملقَّحة. في الحالة دي هما الاتنين حمضهم النووي متطابق، يعني أي دليل قائم على الحمض النووي في القضية لا يؤخذ به لأنه منطبق على الاتنين، عشان كده التحليل اللي عامر ادهولك قبل ما يتقتل بيثبت إن الشعر شعر راوية في حين إنه كان فعلًا شعر رشا ودموعها. الفيصل الوحيد في القضية كان البصمة الجزئية الغريبة اللي على بخاخة دينا، أهي دي بقى مفيهاش لا توأم ولا غيره، كل إنسان له بصمته، والبصمة تطابقت مع رشا مش راوية!

ـ إنت عرفت الكلام ده كله إمتى؟

ـ نوح! أنا خلصت القضية كلها إمبارح.

ـ إمبارح؟! أنا نايم بقالي قد إيه؟

ـ يومين كاملين يا حبيبي.

ـ يعني القضية خلصت؟

ـ آه والله.

ـ أومال سايبني أرغي كل ده ليه؟

ـ وإنت ادتني فرصة؟ قلت أسيبك تفرح بتحليلك أهو تبقى عملت أي حاجة في القضية المنيلة دي!

ـ يعني خلاص كده، مفيش حاجة أعملها؟

ـ آه يا سيدي، براءة لحد ما نتشنكل في جثة جديدة!

١٨

صففت سيارتي بأعجوبة في شارع ٩ بالمعادي، وسرتُ بين من يُنزِّهون كلابهم تحت الأشجار المتعانقة على جانبي الشارع والتي تظلل على المقاهي التي تفوح منها رائحة البُن، فانتعشت حواسي لا إراديًّا.

وصلت إلى كافيه «جريكو»، أصبحت وسط الأجانب الذين يثرثرون بلغات مختلفة، فوجدتها جالسة على طاولة في الهواء الطلق تقابل الشمس بشيء من المتعة، فدليلة ابنة الشمس، وتجد لذتها في حرارة الظهيرة التي تخترق أشعتها نظارتها الشمسية.

كان أول ما فعلته بعدما زف لي قطز خبر الانتهاء من القضية، أن اتصلت بدليلة، وطلبت منها اختيار أي مكان لنلتقي فيه.

على الرغم من أنني ما زلت منهكًا، لكن حين رأيتها وهي

تقلب قدح الكابتشينو المثلج ضجرًا، مداعبةً مؤخرة رأسها ثم الخصلتين اللتين نمتا أسرع من باقي شعرها المقصوص جارسون، تذكرتُ لِمَ تكبدت عناء المجيء لها في هذا الوقت؛ لقد اشتقت إلى تفاصيلها وحضورها الذي لا تغني عنه المكالمات الهاتفية والرسائل النصية، ويجرفني بعيدًا عنه طوفان العمل المستمر بين الجثث وأرواح الموتى والمكائد والسموم والدوافع الخسيسة.

كانت دليلة هي المِرساة التي تقيِّد سفينتي حتى لا تتوغل في بحر الظلمات الذي يضربني برذاذ أمواجه المالحة في ظل عملي مع المجرمين.

لمحتني أقترب من طاولتها، فوُلدت على وجهها ابتسامة مشتاقة، وانبثق شعاع ضوء من عينيها الكحيلتين، تعودت على رؤيته منذ أن أحببتها، ولم تستطع أيٌّ من نظاراتها الشمسية الغريبة أن تخفيه.

رفعت ذراعها لتلوح لي بحماس، وكأني لا أستطيع أن أميزها من بين مليون إنسان.

جذبتُ الكرسي المجاور لها، لكنها لم تمهلني لأجلس، وسارعت بوضع ذراعيها النحيفتين حول عنقي هامسة:

ـ وحشتني!

ربَّتُّ على ظهرها مرددًا:

ـ مش قدي.

خلعتُ نظارتي حتى ترى آثار الشوق في عينَي، فلطالما فشلت في التعبير عن مكنوني بالكلمات، لكنها تعرف، وتؤمن مثلي بأن لغة العيون أبلغ.

ابتسمت لتكشف عن غمازتيها، وخلعت نظارتها لتترك أعيننا تقود الحديث.

ـ يومين؟! يومين كاملين قافل تلفونك ومش عارفة أوصلك؟!

ـ لو عرفتِ اللي حصل هتعذريني.

ـ ماشي، بس بشرط، تحكيلي كل حاجة من غير ما تسيب تفصيلة واحدة حتى لو صغيرة.

كنت أؤمن بالخصوصية والمساحات الشخصية، لكنها صاحبة عقيدة راسخة، قِبلتها الاقتحام الجبري لأي مسافات بيننا حتى لا يتسلل الجفاء إلينا من بين ثغرات بُعدنا، فاستسلمت وحكيت لها كل شيء.

في الواقع، ليس كل شيء، اكتفيت بروح فتون، وبعض ملابسات قضية آل البغل، وتسميمي في المكتب، وغيابي

عن الوعي ليومين كاملين، ولم أنبس بنت شفة عن قصاصي لعمر.

وضعت يدها على فمها والتوتر يأكلها، على الرغم من أنني أغفلت الكثير من تفاصيل لقاءاتي الدموية مع فتون.

ـ إزاي قطز ما كلمنيش يقولي إنك اتسممت تاني؟!

ـ دي أحسن حاجة عملها. أنا ما كنتش عايز أقلقك وأسحلك في حواراتي. كفاية اللي عملتيه معايا في وقت ماما و...

ـ ده دوري. أنا شريكتك في كل حاجة.

ـ ما هو بصراحة الحوار مسَّخ أوي. اتسممت مرتين، وفيه روح بتطاردني، وبيني وبين أمي ما صنع الحداد، وحاجة في منتهى الدراما المكسيكي يعني!

ابتسمت بعذوبة وهي تمسك يدي قائلة:

ـ المراية اللي شايف انعكاسك فيها بايظة. إنت مش مجرد ظابط ذكي بيشوف أرواح الميتين. إنت أخ وحفيد وابن وصديق وخال، وأهم حاجة إنك الراجل اللي باحبه هو وحواراته ودراماته المكسيكية.

لماذا كنت أهرب من حصص اللغة العربية؟!

لماذا لم أحفظ الشعر لأكون بليغًا وأستطيع الرد عليها بكلمات تجابه شاعريتها؟!

اللعنة على العقم اللغوي الذي يصيبني في ظروف مشابهة!

دليلة تستحق أن تسمع أبلغ الكلمات، لكن قلبي المفعم بالرومانسية لا يتماشى مع عقلي الذي لا يفكر إلا تحت ضغط القبض على المتهمين!

غمرتني ابتسامتها بالطمأنينة، وهذا ما كنت أشعر به دائمًا في قربها.

معها أنا مطمئن إلى أنها لن تلقي الاتهامات في وجهي إذا هفوت، ولن تلعب دور الواعظة إذا بحثُ لها بذنبي، ولن تتصيد لي الكلمات الطائشة التي تفلت مني، ولن تستدعي في شجارنا مواقف قد مرت أو موضوعات قد أُهيل عليها التراب.

هي التي لا تضجر من صمتي، ولا تمل بسبب كتماني فترحل كمن رحل، ولا تسهو عني لتدعني أخطو نحو الظلام غافلًا. لقد أحبتني كما أنا.

لم أتخيل أنني قد أوثر الحديث مع إحداهن على الصمت يومًا، وأنني سأتكلم دون أن أفكر في قولي مرتين، ودون أن أنمق وأصقل وأزين كلماتي.

أظن أنني يجب أن أمتن لتلك الفترة العصيبة التي مررت بها، فقد متُ بضع مرات في أحلامي التي استوطنتها فتون لأستيقظ رجلًا جديدًا.

كطائر عنقاء نهض من رماده، نهضت اليوم من مواتي، ولم أعد أقدس الأسرار والكتمان، لم أعد أؤمن بالعزلة التي تُولِّد الأمان الزائف. أيقنت أن الأمن في العزوة التي تحمي وتسند وتقي من غدر الأيام الثقال التي لا يهوِّن وطأتها سوى المحبين.

تطوف كل تلك الأفكار، وكل هذا الغزل، في عقلي، لكني عاجز عن صياغتها في جملة منطوقة يطرب لها قلبها.

وهكذا، بعد عدة محاولات لغوية عقيمة، لم أجد ما أنطق به سوى تلك الجملة:

ـ حَرَم نوح الألفي.

ـ إيه؟

ـ بدل حبيبي وصاحبي والـ«boyfriend» بتاعي والهرتلة دي، أنا عايزك تقدميني للناس على إني نوح الألفي جوزك. إيه رأيك؟

انسابت تلك الكلمات البسيطة من روحي، لتصل إلى قلب

دليلة التي تتقن زرع بذرة الأمان في الأرض البور، لتكون هي دليلتي إلى جانب في شخصيتي لم آلفه.

لمعت عيناها بدموع الفرح، وابتسمت، وهي التي جعلت الطمأنينة تجد طريقها إلى نفسي لتنتشر باعثةً سلامًا داخليًّا كفرتُ يومًا بوجوده.

اتسعت ابتسامتها لتملأ الكون، وتحيطنا بسياج من الرومانسية، لأدرك أن الأفلام والأغاني الرومانسية كانت تخدعني في تعريفها لمعنى الهوى.

مُضلِّلٌ هو من أوهم الأحبة أن العشق لوعة وعذاب!

فما العشق إلا سكينة وسلام!

شكر خاص

إلى كل من ألهمني في هذا العمل:

عبير فرحات

مايا المهدي

كاري ميريل

رايات وودوارد

ويتني لاستر

شارون ميليك

رضا محمد

عن الكاتبة

وُلدت ميرنا المهدي في حي المعادي بالقاهرة، وتخرجت في مدرسة «ليسيه الحرية» في المعادي، ثم في كلية «الألسن» جامعة عين شمس. تخصصت في أدب وترجمة اللغتين الفرنسية والإسبانية. حازت عدة جوائز أدبية من سفارتي كندا وفرنسا والمركز الثقافي الفرنسي، لتركِّز بعدها في كتابة أدب الإثارة والتشويق.

صدر لها: رواية «قضية ست الحسن» (تحقيقات نوح الألفي ـ ١، ٢٠١٨)، والرواية القصيرة «ثلاثة عشر» (٢٠٢٠)، ورواية «روك آند رول» (٢٠٢٠)، ورواية «صديقي السيكوباتي» (٢٠٢١)، و«قضية لوز مُر» (تحقيقات نوح الألفي ـ ٢، ٢٠٢٢).

للتواصل مع الكاتبة

Email: mirnaelmahdy.1@gmail.com

Facebook: www.facebook.com/

MirnaElMahdyWriter

Twitter: @Mirna_El_Mahdy

Instagram: @mirnaelmahdy

Goodreads: ميرنا المهدي

صور هذا الكود بكاميرا هاتفك
للتواصل مباشرة مع الكاتبة: